Le dindon de la farce

DAVID HAUBERT

Roman

IBSN : 978-2-9557515-5-8

Prologue

Quiconque n'a jamais eu à enfouir un cadavre au fond de son jardin ne peut ressentir la honte et le dégoût d'une telle situation. Le choix de l'emplacement, sous l'arbuste nain, dégager les copeaux de bois, puis les coups de pioche qui résonnent dans la pénombre lorsque l'acier rencontre une pierre. Toutes ces pelletées qui viennent grossir un tas dont on avait sous-estimé le périmètre, les racines du bouleau, pourtant bien éloigné, qui entravent le bon déroulement de l'opération, et enfin l'heure qui tourne plus vite que le trou ne se forme. Autour de ce chantier impromptu, la nature est en berne. Les oiseaux ont cessé leurs piaillements, les ratons et les hérissons se sont figés en attendant que l'imposteur ne s'en aille enfin.

Le temps passe, l'ampoule de la terrasse ne diffuse qu'une lueur faible. Et ce chat noir qui regarde la scène avec une insistance cynique.

Lorsque le trou est jugé suffisamment profond, qu'il est temps de tirer sur le sac en plastique ; veillant à ne pas le brusquer, comme si le pire n'était pas déjà arrivé, on accorde un soin particulier à positionner la dépouille.

Cette solitude de l'instant, où l'on pense qu'un ami aurait pu nous venir en aide pour cette basse besogne mais que, tout compte fait, c'est peut-être mieux ainsi.

Enfin, quand le tumulus est rebouché, l'infâme jardinier le piétine avant d'éparpiller les écorces de pins mais il repense à l'arbuste nain. Zut !

Les doigts resserrés sur le manche de la pelle, l'homme marque une dernière pause. Désormais, un cadavre hanterait le fond du jardin, un évènement regrettable est arrivé.

1

Ce samedi matin, Paul Marielle entra dans le grand hall de la Société Délicious. Il ne fut pas réellement surpris de se trouver seul dans ce vaste espace faisant aussi office de standard. Derrière le comptoir d'accueil, un téléphone sonna longtemps auquel personne ne répondit jamais. Sur le mur, deux portraits : celui du fondateur de l'entreprise, Roger Pichon Père et celui du PDG actuel, son fils. Une affiche publicitaire montrait un homme heureux, jetant un tablier sur lequel on pouvait lire le slogan « Délicious libère la femme ». Paul resta dubitatif devant ce message. Dans une vitrine, des emballages de la marque, trois trophées et quelques brevets symbolisaient le prestige et le savoir-faire de la maison. Paul s'attarda devant cet amoncellement de récompenses poussiéreuses, le temps commençait à lui sembler long, il espérait que quelqu'un passerait vite le sortir de ce sinistre endroit. Quelques fauteuils un peu rétro encerclaient une petite table recouverte de dépliants publicitaires et de quelques magazines éparpillés. Paul en saisit un, puis un autre, enfin il les éplucha tous en attendant qu'on veuille bien s'occuper de lui.

La responsable du service administratif l'avait convoqué ce samedi, il n'avait pu se dérober. La veille, sa femme Sophie avait invité quelques amis à dîner. A son grand désespoir, Paul n'eut d'autre choix que celui de prévenir la fine équipe : « Une fois n'était pas coutume », la soirée serait courte ; la raison l'emportait. Le lendemain il devait se présenter pour son nouveau job. Un copain s'offusqua de ce traitement si particulier : quelle boite pouvait ainsi faire commencer un nouvel employé un samedi ? Paul inventa une excuse pour le moins valable : la responsable comptait sur cette journée plus calme pour lui exposer les rouages de l'entreprise. Sophie ajouta qu'avec le salaire promis, son cher époux pouvait bien commencer un dimanche.

Après dix années à la direction d'une grande surface alimentaire, à bientôt quarante ans, il avait souhaité changer de job avant de tomber dans la routine. Suivant les conseils de son épouse, il avait opté pour les relations humaines. Quelques années plus tôt, il y avait consacré une grande partie de ses études avant de s'incliner devant la rareté des offres.

Paul avait limité les envois de candidatures afin de ne pas ébruiter l'annonce d'un départ futur et ainsi pouvoir négocier une rupture conventionnelle auprès de son employeur actuel. Aussi, pour son premier entretien chez Délicious, avait-il pris une journée de RTT.

Julie Galland, la DRH en poste, lui annonça qu'il postulait à son propre poste. En effet, pour des raisons de convenance personnelle, elle quitterait l'entreprise très prochainement. La jeune femme, plutôt fluette, n'avait pas bonne mine ; elle devait être malade. Evidemment, il n'en sut pas davantage.

En s'appuyant sur son CV, ils retracèrent ensemble son parcours assez atypique. Malgré quelques revers, Paul quittait Carrefour avec une bonne opinion du groupe. Son salaire dans la distribution était très correct, voire conséquent, émargeant depuis trois années à près de six mille euros. Le salaire qui lui était proposé chez Délicious serait moindre, mais là encore, il en avait discuté avec son épouse ; comme lui, elle pensait que l'opportunité d'entrer dans cette entreprise convenait plutôt bien à ses capacités et à son expérience. De plus, il éviterait désormais les quarante minutes de déplacement qui, tous les jours, matin et soir depuis dix ans, finissaient par l'exaspérer au plus haut point. S'il ne connaissait personne parmi les cadres de Délicious, il se souvint qu'un de ses vieux amis y avait travaillé naguère. Il décrocha son téléphone mais se ravisa juste avant la première sonnerie craignant que son ami Régis ne sache tenir sa langue.

Lors de leur unique entretien, Julie Galland lui présenta les grandes lignes de l'entreprise. Il n'en apprit guère plus que ce qu'il avait glané sur internet. Une entreprise familiale de renom, reconvertie depuis quinze ans dans les plats préparés et dont les actionnaires avaient amassé une petite fortune. Roger Pichon, le fils, en était le président directeur général depuis que son père, vingt ans plus tôt, avait passé le flambeau, lui laissant les mains libres. Plutôt bel homme, la soixantaine, Roger était une personne simple. Toujours tiré à quatre épingles, une conduite en tous points irréprochable, on le disait facile d'accès et compétent. L'entreprise était en bonne santé financière, ce qui était, pour la jeune DRH, l'assurance d'une bonne gestion.

A la fin de l'entretien Julie Galland évoqua brièvement le cœur de métier de l'entreprise à savoir sa compétence principale : ses plats préparés. Paul en avait sans doute déjà goûté mais il n'en avait gardé aucun souvenir véritable. Si toutefois on lui posait la question, il n'hésiterait pas à mentir. Julie s'en garda bien, elle déclara être végétarienne, déplorant que la cuisine Délicious contienne toujours une portion de viande.

A partir de l'après-guerre, le père Pichon avait acheté une charcuterie au bas de la ville de Chartres. Avec son épouse derrière la caisse, le commerce avait prospéré. Logeant au premier, juste au dessus de la boutique, ils y avaient vu naître leurs deux fils. André et Roger avaient grandi dans cet espace restreint de quarante mètres carrés, sans salle de bain et les toilettes au fond du jardin. C'était une époque où les enfants se passaient de télévision, la rue était leur terrain de jeu. Ils avaient appris la vie au contact des autres, les voisins, les copains et un peu plus tard les filles. Ils avaient connu le temps des yéyés, le rock'n roll, les Scopitones et bien-sûr, Mai 68.

Pendant ce temps, avec un premier commis, puis un second enfin un troisième, Roger Pichon père prospérait. Cette réussite à Chartres ne lui suffit pas, il acheta une seconde boutique dans une ville voisine au grand dam de ses concurrents qui l'accusèrent d'être beaucoup trop gourmand. A moins d'un an d'intervalle, naquirent deux filles, Brigitte et Jocelyne. La famille

Pichon déménagea dans un grand appartement dont le père se vantera toute sa vie d'avoir pu le payer comptant.

Son ambition ne s'arrêta pas là puisque, deux ans plus tard, il acheta sa troisième puis sa quatrième boucherie-charcuterie ; enfin quand il en posséda dix, il créa son propre abattoir. En une dizaine d'années il devint dans la région, un acteur économique incontournable dans le secteur de la viande. Très vite, les boutiques furent revendues et Pichon s'employa à développer son petit établissement d'abattage jusqu'à le transformer en véritable site industriel. Entre-temps, la famille Pichon avait déménagé au lieu-dit « le bois Hébert », dans un joli manoir ornementé de deux tourelles et de trente-trois fenêtres et, entouré de bois, ce qui ravit la mère des quatre enfants.

Si les années 70 furent bénéfiques aux affaires, elles apportèrent à la famille ses premiers tracas à commencer par un drame : madame Pichon mourut d'un cancer foudroyant. Le père Pichon ne se remaria jamais ; à l'abri du besoin, il se fit un devoir d'élever ses enfants. Si les deux garçons continuèrent leurs études sans faire de vagues, les deux filles entamèrent une dérive qui ne les lâcherait que de nombreuses années plus tard. Sans aucun doute, la présence d'une mère leur avait fait défaut dans ces années marquées par cette fameuse maxime : «Sexe, Drogue et rock n'roll ». Elles collectionnèrent des hommes aux réputations incertaines, n'en déplaise à Roger Pichon qui craignait pour la réputation de l'entreprise familiale. Lorsque Brigitte présenta un homme à son père, ce fut aussi pour l'informer qu'ils s'étaient mariés la semaine précédente. Pichon n'eut d'autre choix que de consentir à cette union. Il ne fallut pourtant que quelques semaines pour que la jeune femme demande le divorce. Jocelyne n'était pas en reste, l'argent de son père paya ses trois avortements, elle n'avait pas vingt ans.

Dans les années 80, son modèle vieillissant, l'entrepreneur dut composer avec ses anciens clients qui se regroupaient sans cesse davantage, créant des groupements d'achats. Par ailleurs, Pichon fuyait la grande distribution certain d'y perdre son âme. A cette époque, il était de bon ton de rejeter ce nouveau modèle économique. Qui donc aurait pu penser qu'il était l'avenir ?

Ce qui était pourtant prévisible arriva, de nombreuses boucheries et charcuteries fermèrent leurs portes et Roger Pichon père dut étendre sa zone d'action sur les régions alentour, empiétant sur des abattoirs voisins, malgré les pactes de non-agression scellés dix ans plus tôt. La guerre des prix commençait.

En perte de vitesse, Pichon père comprit que sa bonne fortune lui échappait. Il fit alors appel à ses deux fils qui, diplôme en main, vinrent le rejoindre. La relève était prête, l'heure de la retraite avait sonné, il ne garderait qu'un statut de consultant et un siège au conseil d'administration.

Jeunes, travailleurs et perspicaces, les deux frères avaient hérité du sens des affaires de leur père. Toujours complices, ils s'empressèrent de moderniser l'entreprise. Ils ne pouvaient cependant s'arrêter là. Ce fut André qui apporta l'idée qui allait bouleverser l'entreprise Pichon & Fils. A la fin des années 80, l'émergence des fours à micro-ondes allait bouleverser les habitudes alimentaires, toutes les études en parlaient. Ensemble, ils transformeraient l'exploitation familiale en une entreprise véritablement innovante dirigée vers la cuisine rapide. Leur stratégie paya, les indicateurs de l'entreprise s'alignèrent enfin et les banques soufflèrent. Les deux garçons avaient sauvé l'entreprise de la faillite, charge à eux désormais d'assurer sa pérennité. A cette époque, tous les compteurs étaient au vert, selon les sondages de l'époque, les français passaient de moins en moins de temps derrière les fourneaux, plus de trente minutes par repas dans les années 70, moins de vingt minutes en 1990, et la tendance allait à la baisse. Les cordons bleus d'autrefois avaient jeté le tablier espérant devenir de « vraies » consommatrices. Désormais, à la maison, en l'espace d'un instant, Madame sortirait un plat préparé du congélateur : adieu la corvée d'épluchage des légumes ! Naturellement, les concurrents étaient de plus en plus nombreux à vouloir croquer le gâteau mais Délicious tint bon. André et Roger formaient un duo performant, le chiffre d'affaires ne cessait de progresser et malgré les charges toujours plus élevées, année après année, les bénéfices se maintenaient suffisamment haut pour s'assurer la confiance des partenaires bancaires.

Jusqu'à ce jour de septembre 2003, où André, certainement le plus doué des deux frères, écrasa sa nouvelle Jaguar sur un platane. Les coupures de journaux retrouvées sur internet relataient les circonstances de l'accident ; une priorité refusée par un conducteur ivre. André avait été transporté à l'hôpital où il mourut trois jours plus tard. Ce second drame familial bouleversa l'ancien patron ; sa douleur fut si grande que, très vite, il se désintéressa de Délicious. Bon gré mal gré, Roger fils reprit le flambeau, seul cette fois.

Très vite submergé, il s'adjoignit la confiance de nouveaux collaborateurs dont Monique Manceau, une jeune femme compétente mais aussi ambitieuse, chargée de la gestion administrative et financière de l'entreprise.

Avec pas moins de cent cinquante salariés et un chiffre d'affaires d'environ trente millions d'euros l'an passé, l'entreprise faisait toutefois figure d'outsider, bien loin derrière les géants Fleury-michon, William Saurin ou autre Cuisine de Marie. Délicious trouvait sa place dans les rayons des supérettes spécialisées avec, notamment, la nouvelle gamme Bio qui avait reçu l'année passée un prix « Restauration » au SIAL, le grand rendez-vous des gastronomes et des professionnels de l'agroalimentaire. La restauration rapide par le biais de quelques grossistes assurait le fonds de commerce de Délicious avec pas moins de 60% du chiffre d'affaires. Par ailleurs, une grande chaîne hôtelière faisait aussi appel aux compétences de Délicious, une collaboration de longue date, un gage de fidélité rare en cette époque agitée.

Roger Pichon le savait, il devait diversifier et chercher des partenaires fiables. Après leur avoir tourné le dos pendant bien des années, les portes des grandes centrales d'achats s'étaient refermées. Malgré cela, il était loin le temps où l'on faisait grise mine à la grande distribution, trois rendez-vous avec l'un des grands leaders avaient eu lieu, un référencement dans la grande chaîne nationale représenterait une victoire et rassurerait les organismes bancaires. Roger Pichon avait réussi l'entrée de la gamme dans une dizaine de magasins et fier de cette victoire, il ne désespérait pas de renverser la tendance !

Evidemment, il fallait passer par leurs terribles acheteurs, des êtres sans concession, des vrais vautours. Toutefois, le chef d'entreprise   ne se démontait pas, Roger Pichon savait son produit de qualité et apprécié des consommateurs.

***

L'entretien avec Julie Galland s'était terminé sur la phrase habituelle « On vous recontactera dans quelques jours ». Paul la connaissait bien pour l'avoir employée à maintes reprises lors de ses propres recrutements. A sa grande surprise, Monique Manceau en personne lui téléphona trois jours plus tard pour l'avertir qu'il pouvait, s'il le souhaitait toujours, commencer à l'issue de sa période de préavis. L'entretien téléphonique fut court, Paul remarqua une froideur dans la voix de la directrice mais n'en fit pas cas. Ils évoquèrent brièvement les différentes conditions de l'embauche, tout semblait se passer pour le mieux. Il fut entendu qu'il recevrait un contrat de travail par mail dans l'attente d'une signature. Verbalement, Paul accepta l'offre et remercia la directrice pour cette confiance. La haute responsable proposa la date du 17 octobre pour démarrer la période d'essai, Paul vit aussitôt qu'il s'agissait d'un samedi mais il se tut, « Quelle importance après tout ! » se dit-il, tellement heureux de tourner enfin une page dans sa carrière.

Paul trouvait curieux que sa candidature soit retenue sans toute autre forme d'entretien. A ce niveau de responsabilité, il s'était imaginé un parcours du combattant avec tests à l'appui. Devait-il s'en satisfaire ? La légèreté de son recrutement était peut-être due au départ précipité de l'actuelle DRH, guère motivée ou simplement incompétente. Paul savait que plus aucune entreprise de cette taille n'agissait ainsi, lui-même n'aurait jamais commis cette erreur. Quoiqu'il en soit, il avait le poste et il agirait comme il l'avait toujours fait, avec professionnalisme, dans le respect du droit des salariés et des règles sociales. Si toutefois, après quelques semaines, il constatait que l'entreprise entravait son action et ses valeurs, il tirerait sa révérence.

Pour Paul ce poste était un vrai challenge. Avec un Bac+2 en poche et une solide expérience, il avait un atout supplémentaire, un bon sens du dialogue. Capable d'autorité, il était aussi compréhensif et coopératif, indulgent par nature, son défaut était peut-être un léger excès d'empathie.

Bien sûr, il était conscient d'avoir quelques lacunes dans le domaine de l'industrie, mais il en ferait son affaire ; il n'ignorait pas non plus la complexité du rôle d'un DRH, et ce qu'il redoutait le plus c'était d'avoir à affronter des situations dramatiques comme les licenciements économiques avec la colère des salariés et des partenaires syndicaux.

Pour toutes ces raisons, il devrait se fier à son intuition. Julie Galland l'avait rassuré, la société Délicious était en bonne santé financière et aucun plan social n'était à craindre. Selon les différents indicateurs économiques de ce marché, l'entreprise avait de beaux jours devant elle, sans aucune tempête à l'horizon. Il prit le risque d'envoyer sa démission avant même d'avoir reçu le contrat promis.

Huit jours passèrent, laissant Paul sans nouvelles ; il adressa alors un premier courriel qui resta sans réponse. Anxieux, il décrocha son téléphone et demanda qu'on lui passe la directrice en personne. On lui répondit qu'elle était en réunion. Le soir même, il reçut un courriel expliquant que le service administratif avait pris du retard et qu'en l'absence de DRH, il n'avait pas été possible de répondre à sa demande. Le message rappelait cependant la date du 17 janvier, comme convenu.

Son inquiétude monta d'un cran : que devait-il penser ? Devait-il harceler la directrice afin d'obtenir ce précieux papier signé ? Il patienta encore quelques jours, en vain. Ne supportant plus cette attente, il rappela, avec succès cette fois-ci. En effet, même si on le fit encore poireauter au standard, il obtint enfin qu'on lui passe une personne responsable. Il s'agissait de la comptable en chef, une certaine Béatrice Bretodeau. Cette dernière se confondit en excuses et en regrets. Bavarde à souhait, le ton enjoué et empreint de sérénité, elle l'avait rassuré. Il ne devait pas s'inquiéter, vraisemblablement, on attendait son arrivée.

***

Paul attendait déjà depuis vingt minutes dans le grand hall d'entrée sans que personne ne vienne à sa rencontre, c'est alors qu'il se rappela avoir mémorisé, sur son portable, le numéro de l'entreprise ; peut-être tomberait-il sur un renvoi d'appel. Il ne fut pas étonné de tomber sur le standard, devant lui. En effet, le téléphone sonna. Que pouvait-il faire d'autre ?

Pour patienter, Paul saisit sur la petite table l'un des Figaro magazines. Il le feuilleta brièvement, le reposa avant d'en chercher un autre. Les parutions dataient de l'an passé, Paul s'en étonna. L'un d'eux retint particulièrement son attention : François Hollande y apparaissait l'air inquiet, le titre : « La gifle », faisait écho à la débandade de son gouvernement à la suite du désaveu cinglant de la majorité lors des dernières élections municipales. Paul s'intéressait de loin à la politique ; il avait, comme la majorité des français, voté pour l'heureux élu. Déçu du Sarkozisme, il avait décidé de donner sa chance à la gauche, avant de s'en mordre les doigts. Un autre magazine montrait l'ombre du « Président normal », intitulé « Le fantôme de l'Elysée » ; un troisième titrait: « Peut-il rester ? », avec à chaque fois, l'image de François Hollande. Paul ouvrit ce dernier numéro et lut l'article consacré au livre de l'ex-compagne du président, « Merci pour ce moment ». Lors de sa parution, quelques semaines plus tôt, Paul et Sophie en avaient longuement discuté. Elle avait lu l'ouvrage de Valérie Trierweiler et l'avait plutôt bien apprécié. De toute évidence, son commentaire et son avis étaient portés par un élan solidaire envers une femme abandonnée et humiliée. N'ayant nullement l'intention de le lire, Paul avait déclaré tout de go que cette femme devait être « folle à lier ». Portée par un instinct de vengeance, elle ridiculisait la fonction présidentielle qui était déjà bien mal en point !

Tournant la page de ce magazine, son regard s'arrêta sur une publicité Délicious : elle occupait tout l'espace ! Paul saisit un autre numéro et rechercha la même publicité. Bingo ! Tel était le véritable motif de la présence de ces magazines sur la table. La publicité était plutôt réussie, le style et les couleurs portaient haut la marque. Un slogan y figurait comme une devise des temps modernes. Quant au choix stratégique de voir la petite marque s'afficher dans le célèbre magazine, Paul était dubitatif.

Pour la vingtième fois, Paul regarda sa montre. Il était huit heures et demie quand une femme de ménage apparut enfin.

Elle passait un coup de balai dans le couloir d'en face. Gêné, il lui demanda si elle connaissait quelqu'un qui pourrait l'orienter. La femme fit une tête comme si elle venait de voir un martien débarquer sur son carrelage. Ses joues se gonflèrent, son front se plissa mais aucun mot ne sortit de sa bouche. Enfin Paul prononça le nom de la responsable :

— J'ai rendez-vous avec madame Manceau, pourriez-vous me dire où se trouve son bureau ?

— Madame Manceau ? Mais vous n'y êtes pas ! Elle ne travaille jamais le samedi, Madame Manceau !

—Si si, elle a bien précisé aujourd'hui, à huit heures...

— ...

— Y a-t-il quelqu'un, un responsable, que je pourrais voir ?

— ... Il y a bien monsieur Prébois... Allez au second étage, vous le verrez au fond du couloir, près de la machine à café.

Paul prit l'ascenseur et comme le lui avait conseillé la femme de service, il avançait vers le bureau du fond. Il se souvenait y être venu trois mois plus tôt lors de son entretien avec Julie Galland. Comme prévu, il tomba sur ce Prébois qu'il surprit dans une position fort peu élégante, les deux pieds sur son bureau. L'homme tapotait sur son ordinateur portable, Paul aurait parié que ce cadre jouait à un jeu en ligne.

— Bonjour, je cherche madame Manceau, vous pouvez m'indiquer son bureau ?

Surpris par la voix qui l'interpellait, Prébois faillit bien basculer en arrière, il exerça néanmoins une pirouette qui le remit sur ses deux jambes :

— Madame Manceau, aujourd'hui ? Un samedi ? Il venait de dire ça en regardant sa montre comme si elle allait lui donner une autre indication que l'heure.

— Elle m'a donné rendez-vous à huit heures, je suis le nouveau DRH.

— Ah ! enchanté, Denis Prébois, contrôleur de gestion. On ne m'a rien dit de votre arrivée. Ni même que Julie allait être remplacée. La pauvre, elle a fait un burn-out, elle a littéralement pété les plombs. Elle chialait du matin au soir, ils ont été obligés de la licencier.

Denis Prébois approchait de la cinquantaine. S'il avait les yeux d'un bleu perçant, tout le reste de sa personne clochait. Les cheveux ébouriffés, les vêtements négligés, une horrible cravate, ce type semblait avoir découché !

— Paul Marielle !

— Marielle ?

— Oui, je sais, comme l'acteur, ça fait toujours rire, au début…

— Euh, bon là, je ne sais pas moi, la Manceau, je veux dire madame Manceau n'est pas là… Attendez, j'ai son numéro perso, je lui laisse un message, des fois qu'elle aurait oublié.

—J'en doute! Peut-être aura-t-elle eu un empêchement de dernière minute, déclara Paul par convenance plus que par indulgence.

— Voilà, c'est fait ! J'espère qu'elle ne va pas me le reprocher...

— Désolé, si...

— Non, non! Ça va, c'est que parfois, elle est un peu...euh, comment dire ? Brutale, serait le mot approprié.

Embarrassé par la situation, Prébois entreprit de lui faire découvrir l'étage, à commencer par la machine à café, la salle de réunion, un placard à balai et, étonnamment, deux portes : rouge pour le PDG et bleue pour la directrice. Mais qui donc avait eu cette idée saugrenue ?

— Et mon bureau évidemment, dit-il avec un sourire niais. Ah, j'oubliais, le bureau de Julie, euh pardon, du vôtre, du tien. On se tutoie ! Paul acquiesça. Bon, eh bien, je ne sais pas moi... Mais pourquoi donc elle ne répond pas à mon SMS ?

Moins de cinq minutes suffirent pour inspecter les lieux, Denis semblait désemparé, Paul vint à son secours :

— Ça va aller, je vais m'installer dans ce bureau, je vais fouiller un peu, prendre mes repères...

— Voilà, c'est ça, prends tes repères, si t'as besoin de quelque chose, je suis au bout du... Sans finir sa phrase, Denis Prébois retourna à sa partie de cartes en ligne.

— Merci Denis, ça devrait aller, encore merci pour ton accueil.

Le bureau était spacieux et propre. Une fenêtre donnait sur le toit de l'usine ; plus loin, on apercevait le clocher de l'église Notre-Dame. Paul essaya d'entrouvrir la baie coulissante, sans y parvenir. Il s'aperçut qu'une vis empêchait le battant de glisser, la raison lui échappa mais il se promit d'y remédier, un peu d'air lui ferait du bien.

L'armoire était fermée à double tour. Par chance, il put farfouiller dans les tiroirs du bureau dans l'espoir d'y trouver une clé, sans résultat hélas. Quand il alluma l'ordinateur du bureau, il ne fut pas surpris de lire la demande de mot de passe. Mais qu'importe, après tout, il n'avait à priori pas encore pris officiellement son poste. Il pensa qu'il serait préférable d'attendre l'arrivée de madame Manceau ; il sortit néanmoins son portable afin de consulter son agenda. Pas d'erreur, le jour et l'heure collaient. Il s'occupa encore une heure, regarda sa montre pour la vingtième fois. N'y tenant plus, il saisit son téléphone et appela Sophie.

Pour l'occasion, ce matin-là, elle s'était levée tôt ; elle accompagna Paul jusqu'à la portière de sa Peugeot 2008. Avant qu'il ne disparaisse, elle l'embrassa puis redressa la cravate mise à contrecœur mais qu'il portait par respect pour la circonstance. Enfin, elle lui souhaita bonne chance. Paul avait aussi enfilé son unique costume, celui qu'il avait acheté pour le mariage de sa belle-sœur au printemps dernier. Il ne se sentait pas très à l'aise car dans son emploi précédent, il n'en portait que rarement.

Jusqu'alors, le couple Marielle avait été gâté professionnellement. Ils étaient des bosseurs et leurs supérieurs hiérarchiques avaient reconnu leurs efforts et chacun avait obtenu quelques promotions avant de devenir cadre. Sophie avait mis au monde deux filles adorables, leur fierté commune.

Ils possédaient une belle maison dans cette petite ville, non loin de leurs villages d'origine et à proximité de leur travail. Dernièrement, Paul avait informé sa famille et sa belle-famille de sa démission ainsi que de son embauche chez Délicious. Tous l'avaient félicité mais Paul et Sophie avaient perçu chez la plupart d'entre eux une forme d'inquiétude. Doutaient-ils de ses capacités en tant que DRH ou étaient-ils envieux de sa détermination. Robert, son frère aîné, fut le plus virulent, ne cachant absolument pas son scepticisme. Pourquoi donc quitter un poste aussi avantageux ? Sa mère lui avoua ne pas comprendre les raisons de cette démission si précipitée. Son père, quant à lui, l'assura de son soutien, soulignant qu'à son époque, s'il n'avait pas eu une famille à charge, il aurait bien quitté l'entreprise du bâtiment, au lieu de cela, il avait finalement passé la totalité de sa carrière sans avoir profité d'une quelconque promotion. Sa jeune sœur vint juste l'embrasser, Paul prit cela pour un encouragement.

Lors de l'entretien avec Julie Galland, une remarque ne lui avait pas échappé. La jeune femme fragile avait présenté l'entreprise et vanté les qualités du PDG. Elle décrit succinctement l'organigramme évoquant brièvement chaque pôle. L'heure n'était pas encore aux présentations mais elle crut bon cependant de s'attarder sur le rôle de la directrice de l'établissement, madame Manceau. Ce qu'elle lâcha n'avait rien d'élogieux, mais les commérages ne sont-ils pas l'apanage du personnel ? Délicious n'échappait sans doute pas à cette tradition. Mais ce que Julie Galland avança sans ambages prouvait qu'elle haïssait cette femme.

Elle insinua que madame Manceau convoitait très clairement la place de présidente le jour où Roger Pichon déciderait de passer le flambeau pour prendre sa retraite. Craignant d'être allée trop loin dans ses allégations, Julie Galland précisa cependant que tout ceci n'était que supputation ; c'était en tout cas ce qui se disait dans les couloirs ou devant la machine à café avait-elle conclu.

Après trois sonneries, Sophie décrocha :

— Allo ! tu m'appelles déjà !

— Elle m'a posé un lapin ! Je suis seul depuis ce matin, il est onze heures, je n'ai rien à faire, j'attends que quelqu'un vienne m'informer de la marche à suivre.

— Quoi ?

— …

— Qu'est-ce que tu fais ?

— Rien, j'te dis ! Ah, je te rappelle plus tard, quelqu'un arrive. Il raccrocha précipitamment.

De la porte de l'ascenseur, il vit sortir une grande femme. Elle était élégante, la stature droite, la démarche assurée, une magnifique coiffure blonde qui le fit penser à Catherine Deneuve.

Elle était habillée chic et décontracté à la fois, des vêtements de grande marque très certainement. Ce devait être la directrice !

Une colère se dessinait sur son visage. Lorsqu'elle aperçut Paul, elle s'immobilisa. Il avait retiré sa veste ; bien heureusement, il n'avait pas encore enlevé sa cravate. D'instinct, il prit les devants, sortit du bureau à sa rencontre et lui tendit la main.

— Bonjour, Paul Marielle…

— Oui, oui, bonjour, mais que faites-vous là ?

Madame Manceau dépassait Paul de quelques centimètres, avec ses hauts talons, elle faisait bien un mètre quatre-vingt-cinq.

— Nous avions rendez-vous ce matin à huit heures. Mais ne vous inquiétez pas, ce n'est pas grave, je me suis permis de faire un petit tour des locaux. Monsieur Prébois m'a guidé. Je me suis installé là où madame Galland travaillait avant moi, dit-il d'un ton mal assuré.

— Venez dans mon bureau, et… je vous en prie, remettez votre veste !

Paul ne sut ce que répondre. Déjà, elle lui avait tourné le dos et tournait la clé de la porte bleue. Cette femme l'avait fait poireauter pendant trois heures et non contente de cette grossièreté, elle se permettait une remarque sur sa tenue. Abasourdi, Paul hésita un long moment. Fallait-il obtempérer ou l'heure était-elle déjà venue de prendre la poudre d'escampette ? Curieux d'entendre ses explications, Paul la suivit.

Elle tapotait sur son ordinateur, probablement à la recherche de son agenda. Elle se mit à pester :

— Zut, ce maudit service informatique ! C'est encore leur système qui a planté. Quelle bande de bons à rien, ils vont me le payer !

Et voilà, l'excuse était trouvée, à la bonne heure ! L'informatique était la cause de cette longue attente et de ce vilain malentendu. Cette dérobade était simplement lamentable. Paul était à deux doigts de claquer la porte pourtant il décida de calmer le jeu pour la seconde fois :

— Je vous dis, il n'y a pas de problème. Je souhaite juste que vous me confirmiez que c'est bien dans ce bureau que je travaillerai les jours prochains. Si vous m'en donnez l'autorisation, je pourrais déjà prendre connaissance des dossiers de mon prédécesseur. J'ai juste besoin des clés et du code d'accès à …

— Les clés ? Quelles clés ?

— Celles de l'armoire du bureau…

— Il n'est pas question que je vous confie ces clés et encore moins le mot de passe, d'ailleurs je ne les ai pas. Ensuite, nous n'avons pas été présentés dans les formes. Nous nous verrons lundi matin à huit heures comme prévu. Vous pouvez rentrer chez vous.

Sans attendre une seconde, Paul tourna les talons, claquant la porte derrière lui. Regagnant le bureau de Julie Galland, il ramassa son ordinateur personnel et dévala l'escalier pour rejoindre sa voiture sans délai, bien décidé à ne plus revenir. Il était en rage. Jamais il n'avait imaginé pareil comportement. Cette femme était tout simplement incroyable. Qui pourrait croire une chose pareille ?

Il peina à trouver ses clés, y parvint enfin. Il défit cette fichue cravate avant de la balancer sur la banquette arrière. Les mains sur le volant, il resta figé. Ainsi son histoire chez Délicious s'arrêtait là, comme ça. Il n'aurait rien d'autre à raconter à sa femme, à sa famille et à ses amis que cette lamentable matinée où il n'avait fait qu'attendre !

Il démarra enfin, mais, pris de remords, il stoppa son véhicule pour en ressortir précipitamment. Gravissant les deux étages quatre à quatre, il se précipita sur la porte bleue et l'ouvrit sans même frapper.

La responsable était là, couchée sur la table, la jupe retroussée, la tête de Prébois entre les jambes. Dans un mouvement de panique générale, ils se redressèrent ; l'analyste financier avait le pantalon sur les chevilles, le zob fier comme Artaban. Paul ne put qu'imaginer la suite ! Il avait refermé la porte pour la seconde fois en moins de dix minutes ! Cette fois-ci, son état d'esprit n'était plus du tout le même : il avait enfin quelque chose de croustillant à raconter à sa chère Sophie !

Après s'être tapés un fou rire mémorable, Paul et Sophie reconsidérèrent la situation dans sa globalité et… sa complexité. Qu'importe le temps que cela durerait, Paul était décidé à poursuivre l'aventure. Les circonstances cocasses de son intégration valaient son pesant d'or, une expérience unique, qu'il devait approfondir. Le contrat de Paul n'étant pas encore signé, il pourrait toujours aller pointer à Pôle-emploi. C'est donc très détendu qu'il aborda ce second round.

2

Le lundi suivant, Paul traversa le couloir du second étage à huit heures moins dix, ni madame Manceau, ni Denis Prébois, n'étaient arrivés.

A huit heures deux, il aperçut la directrice ; elle sortait de l'ascenseur et se dirigeait vers la porte bleue. Cachée derrière des lunettes noires, elle portait un beau tailleur, un Pierre Cardin. Paul reconnut le vêtement de marque, Sophie avait acheté le même pour le mariage de sa sœur. Assis à son bureau, à travers la vitre, il l'observa mettre sa clé dans la serrure. Se souvenait-elle lui avoir donné rendez-vous ce lundi matin ? Une chose était certaine, elle baissait la tête !

C'est donc ainsi qu'elle comptait s'en sortir ! En le snobant tout simplement. Denis Prébois arriva à son tour et tout enjoué, comme si de rien n'était, vint lui serrer la poigne. Nullement gêné, il ne fut pas question de l'incident de ce samedi …Parbleu, Il avait dû rêver !

— Ah, pense à faire changer la plaque sur ta porte. La pauvre Julie n'a plus rien à y faire…

— Rien ne presse, lui répondit Paul persuadé qu'avant la fin de la semaine, son propre nom serait définitivement rayé de la liste du personnel de chez Délicious.

— T'as de la chance de voir la ville de ton bureau, moi je suis confiné au bout du couloir avec uniquement le parking et cette rangée de peupliers qui me cachent la vue.

Paul se sentit obligé de tutoyer son interlocuteur :

— Oui, à ce propos, ma fenêtre est bloquée, tu ne pourrais pas…

— Ah, je l'avais condamnée parce que j'avais peur que Julie y fasse le grand plongeon ! lança-t-il en riant bêtement.

Cela ne fit pas rire Paul, l'analyste changea de conversation :

— Ah, t'as vu, j'ai forcé la serrure de l'armoire, je ne sais pas ce que Julie a fait de la clé mais bon voilà, c'est ouvert !

— Oui, merci, j'ai vu. Il ne faisait guère de doute que la responsable lui avait suggéré l'idée.

Soudain, le téléphone sonna, c'était le standard :

— Allô, monsieur Marielle, c'est Lucie au standard, votre rendez-vous est arrivé, je vous l'envoie ?

— Un rendez-vous ? Quel rendez-vous ?

— Avec monsieur euh….Gilbert, Yves Gilbert. Paul réfléchit à mille à l'heure.

— Faites-le monter, je l'attendrai à la porte de l'ascenseur. Merci Julie.

— Lucie, moi c'est Lucie !

— Oui, pardon, merci Lucie !

Après cette petite mise au point, les deux hommes s'installèrent dans la petite salle de réunion, au bout du couloir, près de la machine à café et juste en face du bureau de Denis Prébois. Pour un entretien plutôt confidentiel, c'était pas gagné ; Paul rongeait son frein : à travers la vitre, Prébois dévisageait le garçon, sans aucune gêne ; de plus il ne connaissait rien des besoins de l'entreprise et ne savait que faire de cette candidature surprise. Paul s'excusa auprès du jeune Gilbert et se dirigea, inspiré, vers Prébois :

— J'ai peut-être une solution pour ton problème de vue, on pourrait échanger nos bureaux ; ainsi, tu verrais la ville et moi, je pourrais recevoir des personnes sans avoir l'impression d'être surveillé.

Le message était passé, Denis ajouta :

— Oui, c'est une bonne idée, j'en parlerai à madame Manceau. Bon là, je dois me rendre au service technique, ils ont un problème avec une machine et ils veulent mon avis.

— Parfait ! Au fait, madame Manceau avait un problème avec son ordinateur samedi…

— Ah bon ! Elle ne m'a rien dit ! On déjeune ensemble ce midi ? suggéra-t-il.

— Euh… ce midi ? non, ce ne sera pas possible, un de ces jours peut-être !

Il était bien étonnant que le service technique ait besoin du conseil d'un analyste financier, mais pourquoi pas ! Paul revint dans la salle de réunion où l'attendait le garçon. Un large sourire du candidat lui fit comprendre qu'il n'avait rien perdu de l'échange.

— Excusez-moi encore ! Vous avez un CV ?

— Là, non, pas sur moi, je vous l'ai envoyé par la poste, cela m'a coûté un timbre.

— Ah, je suis désolé, je suis nouveau dans l'entreprise, ce n'est donc pas moi qui vous ai pris ce rendez-vous. Bon, ce n'est pas grave, peut-être que vous pouvez simplement me décrire votre parcours ?

Le garçon âgé d'une vingtaine d'années n'avait effectu,é, çà et là que de courtes missions intérim. Il ne semblait pas chercher un emploi durable. Sans aucune qualification ni diplôme, il était prêt à prendre tout ce qu'on lui offrait. Il avait cependant deux exigences, la première, un taux horaire bien supérieur à celui du smic ; la seconde, il ne voulait en aucun cas qu'on lui propose un autre contrat que celui d'intérimaire. L'engagement n'était pas son truc, il était prêt à toutes les tâches pourvu qu'on lui paie des congés ainsi que la prime de précarité. Yves Gilbert avait un grand projet : faire le tour du monde avec son skateboard !

Paul n'avait nullement l'intention de poursuivre cet entretien. Il sortit son portefeuille, constata qu'il ne possédait que trois billets de vingt euros, il en saisit un et le tendit à Yves Gilbert.

— Ca, c'est pour la perte de temps occasionnée, pour le timbre et pour vos frais de transport. Il se peut que je vous rappelle un jour prochain, je vous remercie d'être venu. Bonne journée !

Cette générosité lui coûtait cher, il se promit de ne jamais recommencer.

***

De retour dans son bureau, Paul avait passé toute la matinée à éplucher les contrats de travail du personnel de l'entreprise. Seuls ceux des cadres manquaient, rien d'étonnant à cela, sans doute étaient-ils sous clé dans le bureau de la directrice. Il avait parcouru une centaine de dossiers, tous complets et les mises à jour effectuées. Paul savait qu'un contrôle de l'inspection du travail peut coûter cher à l'entreprise qui n'y prend pas garde. De ce point de vue, Julie Galland avait fait du bon travail. Tout à ses pensées, cherchant son agrafeuse dans un tiroir, il trouva une enveloppe décachetée qu'il ouvrit. Elle contenait une clé USB et un post-it : « À l'attention de mon successeur ». Paul connecta l'objet à son ordinateur, cliqua sur l'icône qui venait d'apparaître sur l'écran ; il ne fut pas surpris d'y trouver un dossier verrouillé. Le procédé était pour le moins curieux, mais révélait surtout un climat de défiance vis-à-vis de sa supérieure hiérarchique.

Quelque chose lui dit que ce document lui était directement adressé. Il tapa le nom de « Julie » sur le clavier, l'ordinateur lui indiqua que ce code ne fonctionnait pas. Il tapa alors « Paul » et le dossier s'ouvrit comme par miracle. Bingo !

« Cher Paul,

Permettez-moi cette familiarité mais je suis réduite à utiliser quelques astuces afin de tromper l'adversaire. Vous l'aurez compris, mon départ s'est effectué dans la douleur. La

33

responsable aura fini par avoir ma peau. Qu'importe ! Voici six ans que je supportais ses manigances, me voici aujourd'hui débarrassée de cette vipère et de son emprise. Je vais enfin pouvoir revivre et me reconstruire. Je pars avec la certitude d'avoir fait de mon mieux, désormais j'espère mettre mes compétences au service de gens honnêtes. Je vous souhaite de réussir, bien que la tâche sera rude, soyez en certain.

Lors de notre entretien, j'ai perçu quel genre d'homme vous êtes. Je pense que vous avez tout le charisme pour vaincre la tyrannie que cette méchante femme inflige à son entourage. Soyez prudent, protégez-vous, ayez l'œil, elle ne vous fera aucun cadeau. Méfiez-vous d'elle et de ses bons jours, ils ne sont que des bombes à retardement. C'est un serpent venimeux, vous ne la voyez jamais venir, elle vous mord et injecte son venin. Je n'insiste pas, vous comprendrez bien assez tôt! Je suis vraiment désolée de cette confession, je la déteste tant !

Monsieur Pichon, lui, est un homme bon, vous n'avez rien à craindre de lui. Il est essentiellement concentré sur l'exécutif et sur son business. À ce sujet, soyez tranquille, il saura vous expliquer lui-même sa recette ! Bref, il a le nez dans le guidon et ne veut rien savoir de l'organisation de ses services. Il connaît une partie des problèmes mais s'en accommode. Les résultats financiers sont là et c'est pour lui l'essentiel. Je suppose que cela lui permet de rester maître à la direction des associés. Je ne peux cependant pas me permettre d'en dire davantage à son sujet, il ne mérite pas qu'on le blâme. Si vous souhaitez me joindre, vous trouverez facilement mon numéro de téléphone, n'hésitez pas.

Vous ne pouvez désormais ignorer ce qui vous attend, bonne chance.

Cordialement

Julie.

PS : Avant de partir, j'ai déposé les clés de l'armoire sur le bureau de monsieur Pichon. Le code d'accès à l'ordinateur est moussaka22.

***

Paul chercha à la lettre G le dossier de Julie et comme il s'y attendait, il était vide. Quelqu'un était passé avant lui. Il regretta que Julie n'ait pas parlé de Denis Prébois, était-il réellement le complice de madame Manceau ? Enfin, si c'était le cas, Paul le démasquerait, si on lui en laissait le temps.

Paul chercha en vain l'organigramme de l'entreprise. Questionné, Denis fit la moue et avoua qu'il n'avait pas connaissance d'un tel document. « À quoi bon, chacun sait ce qu'il a à faire ! » ajouta-t-il, à la recherche du fameux schéma.

— Non, Denis, tu confonds, ça c'est la fiche de poste. Elle détaille la fonction de chacun. Moi je parle d'or-ga-ni-gramme, le schéma hiérarchique de l'entreprise...
— Oh moi, tu sais, tout ça, c'est de la littérature !
— A ce propos, s'enquit Paul, quel est ton rôle en tant que contrôleur de gestion ?
Loin d'être embarrassé par la question, Denis s'étala sur son expérience. Sa fonction consistait à analyser les chiffres de l'entreprise ainsi que les « projets et innovations ». Il était évidemment force de proposition comme il s'évertua à le répéter. Il se vanta de travailler main dans la main avec monsieur Pichon et madame Manceau. Paul esquissa un sourire. Enfin, après un bon quart d'heure de cabotinage, il confia à Paul

l'importance stratégique de sa mission, affirmant être lui-même l'instigateur de nombreux coups de maître, des tours de force ayant fait évoluer l'entreprise. Bref, Denis Prébois était l'un des cerveaux de Délicious, qui l'eut cru ?

***

A 11h45, madame Manceau daigna enfin sortir de son bureau, elle avait chaussé pour l'occasion ses lunettes noires, signe qu'elle n'était pas dans son assiette. Elle entra dans le bureau du DRH sans frapper, surprenant Paul en pleine concentration.

— Marielle, vous ramassez vos affaires et vous passez à la comptabilité. Votre période d'essai se termine. Nous vous paierons vos deux jours complets. Bonne chance pour la suite !

Puis elle referma la porte sans autre explication. La plaisanterie tirait à son comble. Qu'allait-il faire à la compta ? Il n'avait pas encore signé de contrat de travail, tout ceci était ridicule. On ne lui avait présenté aucun service, pourquoi passer à la compta ? Quelle idiote !

L'idée de se battre pour garder la place ne lui vint pas à l'esprit, cette fois-ci c'en était terminé, il ne voyait pas l'intérêt de poursuivre la plaisanterie. Il fallait être fou pour travailler avec cette tarée. Pour la seconde fois, il fit sa valise, bien décidé à rejoindre sa voiture, sans protestation et surtout sans regret. Entre l'escalier et l'ascenseur, il n'hésita pas un instant, mais lorsqu'il aperçut Roger Pichon sur le palier du premier étage, il était trop tard pour rebrousser chemin. C'est donc dans l'escalier que la rencontre eut lieu.

— Ah, bonjour, j'imagine que vous êtes Paul Marielle, nous n'avons pas été présentés, Roger Pichon !

—Paul Marielle!

Roger Pichon enchaîna sans laisser à son interlocuteur le temps de s'exprimer.

— Vous avez pris vos marques ? Quelqu'un vous a fait visiter l'entreprise ? On vous a fait goûter la nouvelle recette de moussaka à la moutarde. Hum ! c'est un délice… Vous verrez, tout se passera bien !

Pichon continuait à gravir les marches obligeant Paul à le suivre. Ainsi, ils arrivèrent sur le palier du second :

— Non ! Je …

Avant qu'il n'ait le temps de répondre, l'homme d'affaires appela Denis Prébois afin qu'il les rejoigne. D'une intonation certainement plus forte qu'à l'habitude, il avait interpellé le contrôleur de gestion qui, allez savoir pourquoi, traînait dans le couloir.

— Denis, je veux que sitôt déjeuner, vous fassiez visiter l'usine à Paul, vous passerez par le labo, je veux que tous mes cadres connaissent la nouvelle recette, est-ce bien compris ?

— Oui, monsieur Pichon, c'est entendu.

Sans doute avait-elle entendu le patron discuter dans le couloir, la directrice franchit sa porte et apparut à son tour.

— Ah ! Monique, vous êtes là ! Vous avez entendu. ? Dites, il semblerait que monsieur Marielle n'ait pas été présenté aux autres services.

— Je n'ai pas eu le temps ce matin à cause du nouveau programme. Mais Denis Prébois devait s'en charger, lança-t-elle sans honte.

— Parfait, je compte vous voir à la réunion hebdomadaire de mercredi, ne comptez pas en sortir avant vingt heures, nous aurons de nombreux dossiers à voir. J'y pense, Julie Galland avait laissé la clé de son armoire sur mon bureau. Je dois l'avoir dans cette poche… Ah, la voilà !

Puis l'homme pressé baissa d'un ton et chuchota :

— Je dois le dire, elle ne s'entendait pas trop avec Monique. Bienvenue chez Délicious, j'espère que nous formerons une bonne équipe ! Pardonnez-moi, je dois prendre le train à 14h30. À mercredi…

Et déjà, l'homme pénétrait dans son bureau, quand il ajouta :

— Nous déjeunerons ensemble en fin de semaine, jeudi par exemple. Désolé, là, je suis pressé ! Et l'homme s'enferma dans son bureau.

Oui, évidemment, l'homme avait l'air très sympathique.

***

La situation était pour le moins embarrassante, l'homme les avaient laissés, là, plantés au milieu du couloir. Paul ignorait ce qu'il devait faire, c'est pourtant Monique Manceau qui trouva la réponse :

— Vous voilà sauvé par le boss en personne ! Vous réintégrez votre poste, si le cœur vous en dit !

C'est à ce moment précis qu'apparut, descendant du troisième étage, une créature envoûtante. Une femme d'une extraordinaire beauté venait à leur rencontre. La silhouette mince, la poitrine parfaite, elle avait des traits d'une grande délicatesse. Avec sa crinière orangée, certains hommes auraient parlé d'un canon, les autres d'une bombe. Avec son regard félin, sa bouche pulpeuse et son cou dégagé elle avait tout pour mettre tous les hommes à ses pieds et faire pâlir la gent féminine !

L'attitude de Monique Manceau l'attesta:

— Ah, en voilà une avec qui vous devriez bien vous entendre ! Je vous présente : Béatrice Bretodeau, chef-comptable !

Et c'est avec un air condescendant qu'elle ajouta :

— Mon p'tit, faites donc signer le contrat à votre nouveau collègue !

— Mais, vous m'avez informée il y a moins d'un quart d'heure que ce n'était plus la peine !

— J'ai changé d'avis, faites ce qu'on vous dit !

***

La visite de l'entreprise se fit en deux temps, la production impressionna la nouvelle recrue. Dominique Frein, comme tout le monde ici, était couvert d'une blouse blanche, d'une charlotte, d'un masque et de couvre-chaussures. La sécurité et l'hygiène semblaient être respectées à la lettre. Paul s'était imaginé voir des fourneaux, mais ils avaient fait place à d'immenses citernes, des tuyaux, des cuves, mais aussi des robots, des chaînes, des machines en tous genres et des passerelles, le tout en aluminium et inox. Tout n'était que surveillance, prélèvements et contrôles. Les hommes et les femmes portaient des boules Quiès en permanence afin de les protéger du brouhaha ambiant. Après plus d'une heure, Paul n'avait quasiment rien vu qui ressemblât à un plat cuisiné, pas la moindre odeur de cuisine. Il regretta soudain la bonne cuisine que lui faisait sa mère autrefois. Sophie, comme de nombreuses femmes de son époque, n'était pas un cordon bleu, loin de là. Il lui arrivait parfois de prendre le tablier avec la promesse d'un bon repas mais le résultat bien qu'honnête, n'était que rarement à la hauteur de ses espérances. Alors, il fallait en convenir, oui, chez les Marielle, on consommait de temps à autre la nourriture sortie de ce type de tuyaux.

La seconde partie de la visite consista à comprendre les rouages de l'entreprise et son bon fonctionnement. Pascal Rimbeau expliqua à la nouvelle recrue son rôle de responsable supply chain. Courbes, graphiques, planification, coordination, flux, stocks, tels étaient les mots qu'employait Pascal pour expliquer son travail. De toute évidence, il était l'homme de l'optimisation des flux. Puis Pascal poussa la porte d'une vingtaine de bureaux où des différents techniciens de tout ordre lui expliquèrent leur fonction. La visite se termina par le service marketing avec Carole Souvestre, une dynamique jeune femme. Il profita de l'occasion pour questionner la professionnelle sur le slogan de l'entreprise « Délicious libère la femme »:

— Ah ça ! oui, j'ai moi-même suggéré de le faire disparaître mais je me suis butée à un mur. J'ai proposé plusieurs variantes moins sexistes mais lorsqu'on m'a donné la raison de cet entêtement, j'ai abdiqué !

— Je ne comprends pas !

— C'est simple : André Pichon, le frère défunt, avait imaginé ce slogan, voilà vingt ans.

— Je comprends mieux, c'est comme une sorte d'hommage! déclara Paul.

— Voilà, on peut dire ça ! J'imagine que si je relançais le débat aujourd'hui, j'aurais votre soutien ?

— On va attendre un peu, répondit le nouveau DRH en souriant.

— Dommage, je n'en peux plus de cette affiche, relança-t-elle.

— Ah oui, au fait, ces Figaro magazines qui sont dans la salle d'attente ?

— Ils sont encore là ? Je ne le savais pas ! Je parie que vous allez me parler de cette publicité...

— En effet, n'est-ce pas un peu... ?

— Enorme, et si vous connaissiez le prix de ces encarts !

— Etait-ce bien utile pour la marque de jouer dans cette catégorie ?

— Bien sûr que non ! Pour se créer un nom au niveau national, il faut une stratégie et beaucoup de moyens, c'était là un coup d'épée dans l'eau !

— Mais pourquoi alors ?

— C'est simple, un ami de golf de monsieur Pichon avait un bon contact avec le directeur de la rédaction du magazine. Ils ont déjeuné ensemble et le tour était joué !

Paul s'empara d'un carton qui traînait sur le bureau de Carole :

— C'est le nouvel emballage du « Poulet-risotto » !

— Plutôt réussie cette image, ça donnerait presque envie d'en manger !

— Je ne trouve pas, mais c'est le prototype qui a réussi le test !

Carole lui donna quatre autres emballages, Paul comprit qu'il devait donner son avis. Il les compara, il n'avait que faire de ce jeu pourtant il en choisit un comme il aurait tiré une carte à la demande d'un prestidigitateur. Le hasard l'emporta :

— Bingo, comme moi ! mais le consommateur lambda en a décidé autrement et monsieur Pichon dit qu'il faut toujours se fier aux clients !

Paul n'avait aucun avis tranché sur la question. Peut-être une autre fois !

***

Quand Paul retrouva son bureau, il repensa à tout ce qu'il avait vu pendant cette longue visite et chercha où était l'originalité de cette entreprise. Certes, on lui avait certifié que les ingrédients inclus dans chaque recette provenaient exclusivement de l'agriculture biologique ; il est certain qu'un nombre croissant de consommateurs sont sensibles à la qualité et à la provenance de leur nourriture, mais en est-il de même pour ceux qui, précisément, avalent ce type d'alimentation ?

Le DRH restait sur sa faim, rien dans ce qu'il avait vu ne l'avait enchanté. Si le marché du plat préparé existait, Délicious ne faisait qu'en tirer une infime part. Des hommes et des femmes travaillaient dur pour ne faire que reproduire ce que d'autres faisaient mieux. Mais pourquoi donc se poser tant de questions ? Il avait volontairement intégré cette entreprise en connaissance de cause, nul ne l'obligeait à apprécier ses plats !

Cette visite ayant pour but de comprendre l'organisation de l'entreprise, l'attention de Paul s'était principalement portée sur le bien-être des salariés et plus largement sur leurs conditions de travail. Il fut satisfait de constater que des études avaient été menées pour repérer les facteurs de risques de TMS - ces fameux *troubles musculosquelettiques -* et pour proposer des solutions adaptées pour éviter de les développer, c'est ainsi que sur les chaînes de production, une rotation de personnel rendait moins pénibles les postes répétitifs. La réforme des 35 heures, avec la loi Aubry de 1998, et sa célèbre formule « partage du temps de travail » était aussi passée par là : chez Délicious, les salariés travaillaient trente-quatre heures par semaine pour un traitement salarial à trente-cinq heures. Le budget de formation était supérieur aux exigences légales et un bon accord d'intéressement semblait convenir aux partenaires syndicaux. Selon les dires, ces conditions avaient été négociées trois ans plus tôt après un coup de force et la menace d'une grève prolongée. Puis tout était rentré dans l'ordre, chacun remballant sa fierté, certain d'avoir gagné la partie.

Comme l'avait prédit Julie Galland, Roger Pichon consacra une bonne heure pour briefer son nouveau collaborateur sur ce qui lui apparaissait être l'essence même de l'entreprise : les plats préparés. Car, si le PDG ne faisait que superviser la gestion administrative et financière de son entreprise, la recherche de nouveaux plats était son dada. Cet homme avait la passion. Il parlait de son entreprise comme un enfant parle de son album panini. Doté d'une culture culinaire sans faille, Roger Pichon était insatiable quand il s'agissait de parler d'une recette. Les comparaisons étaient toujours pertinentes. Il ne cédait jamais à la simplicité, pas de « j'aime » ou « je déteste », trouvant toujours les bons mots pour signifier les arômes.

Si Paul apprécia l'enthousiasme de son nouveau patron, il n'était cependant pas disposé à partager sa passion.

***

Selon l'ordre du jour, la réunion du mercredi devait commencer à huit heures, mais personne n'avait pensé à avertir Paul : en réalité, neuf heures trente était l'heure où monsieur Pichon arriverait enfin. Auparavant, le PDG était allé au laboratoire et chacun l'avait attendu dans son propre bureau. Quand l'homme se pointa enfin, pas moins de quinze personnes se rassemblèrent spontanément. Tous les responsables que Prébois lui avait présentés la veille, étaient là. Pichon ouvrit la séance sans tenir compte de l'ordre du jour pourtant affiché en face de lui sur l'écran. Sa première question était adressée au service marketing. Carole Souvestre, répondit parfaitement à l'interrogation du chef d'entreprise concernant le nouveau produit. Elle semblait très compétente, ses diaporamas étaient attractifs et ses commentaires parfaitement élaborés. Elle mit en avant les attentes des consommateurs, les tests et les sondages étaient unanimes, le nouveau packaging semblait parfait. Paul était bluffé, le service marketing avait fait un excellent travail, pourtant, monsieur Pichon restait de marbre. A l'évidence, l'énoncé de Carole ne correspondait pas à l'idée qu'il s'était fait de l'affaire. La Manceau profita de ce trouble pour contrecarrer Carole. En quelques mots, elle renvoya la professionnelle à ses chères études. Si au préalable, Carole était apparue enjouée, c'est avec un kleenex à la main qu'elle sortit précipitamment de la salle de réunion, déconfite.

En guise de déjeuner, on vint leur servir quelques spécialités maison, chacun y alla de son commentaire, Paul choisit de goûter un gratin de saumon accompagné de brocoli. Ce n'était ni bon, ni mauvais, juste qu'il aurait préféré un bon steak-frites plutôt que d'avaler ce truc. Comme à chaque fois que quelqu'un goûtait une recette, une fiche devait être remplie, Paul s'employa à parfaire son appréciation, certain que la directrice ne manquerait pas d'y jeter un œil. Elle en tirerait une conclusion à son avantage, aussi fut-il prudent en donnant à cette mixture plus d'éloges que de défauts.

— Alors Paul, je ne vous ai pas demandé, cette moussaka, vous l'avez goûtée ? demanda Pichon.

— Euh, je dois dire que non, hier, je n'étais pas dans mon assiette. Mais c'est promis, j'y goûterai la prochaine fois!

— Vous n'oublierez pas de remplir la fiche !

— Evidemment !

Deux bonnes heures furent consacrées à quelques détails concernant l'agrandissement de l'usine. De nombreux oublis dans la conception qui selon l'architecte engendreraient des surcoûts importants. Des saignées devaient être réalisées dans la nouvelle dalle béton afin d'assurer l'écoulement de certaines eaux usées. Une porte devait être rehaussée pour faire entrer le chariot élévateur qui approvisionnerait la ligne de production. Les travaux étaient à mi-chantier et Paul s'étonna que ce type de question n'arrive qu'à présent sur la table ; il se garda bien d'en faire la remarque mais selon lui, il s'agissait d'erreurs impardonnables. On avait confié, à tort sans aucun doute, à Michel Leduby, l'étude des plans et l'élaboration du cahier des charges. La veille, lors de la visite, le responsable technique prétendait être le seul capable d'assurer un bon suivi de chantier. Le retard dans les travaux compromettait assurément la date d'inauguration de la nouvelle ligne. Pichon était en colère. Manceau faisait profil bas certaine d'échapper aux foudres du président. Michel Leduby prenait les coups un à un sans broncher. Jamais personne ne vint à son secours. Cette réunion tournait au pugilat.

Puis ce fut le tour du service commercial, Bernard Rochette, un vieux de la vieille, annonça que le groupe « Marchands des quatre saisons » voulait supprimer la gamme premier prix des étals de leurs magasins, ayant constaté une rentabilité trop faible.

— Et par quelle gamme veulent-ils la remplacer ?
— Euh, aucune, ils veulent seulement réduire leur offre « Plat préparé » répondit-il d'une voix vacillante.
— Ne serait-ce pas pour faire entrer la nouvelle gamme Sveltic ? interrogea le PDG.
— Non, certainement pas ! rétorqua Bernard Rochette sur la défensive.
— Et qu'en est-il du retour de ces marchandises, cela va nous coûter un bras ?

Afin éviter ce coût supplémentaire, Bernard proposa que chaque commercial se charge lui-même du rapatriement des marchandises. Le PDG l'interrogea sur la pertinence de ce procédé moyenâgeux mais Bernard rétorqua qu'à l'époque de son père, une autre solution n'aurait pas été envisagée. La simplicité de l'homme était semblable à sa rondeur ; sa réponse n'était évidemment pas satisfaisante. Le directeur commercial se vantait d'avoir pris ses fonctions quarante ans plus tôt. Bernard Rochette était un vieux routard dévoué à l'entreprise, même Roger Pichon prenait des gants, et pour cause, l'homme avait la bénédiction du père Pichon et cela comptait. La vérité était cependant tout autre ; Bernard était fini, son heure de gloire était passée. S'il avait souhaité partir en retraite, on lui aurait fait un pont d'or, une méga-fête, une remise de médaille pour bons et loyaux services ; mais l'homme s'accrochait, il redoutait de se retrouver seul chez lui avec son épouse ; une femme dont il n'avait jamais parlé à personne, sauf pour s'en plaindre.

Puis vint la question du référencement Leclerc. Bernard n'en démordait pas, il doutait fort que cet accord tant convoité par son patron soit une bonne chose. Selon lui, ces grands groupes étaient des « vendus » qu'il fallait fuir comme la peste : « La grande distribution, ce n'est pas pour nous ». rabâchait-il sans cesse, reprenant à son compte la thèse du père Pichon. Roger Pichon n'était pas de cet avis, il avait passé de nombreuses heures pour obtenir ce référencement. Bon nombre des adhérents de l'enseigne lui avaient apporté leur soutien et les dix magasins tests cumulaient de bons scores. Selon Bernard, ce n'était pas la version des chefs de magasin qu'il avait lui-même rencontrés. « Ces gars-là, ils en veulent toujours plus, le beurre et l'argent du beurre ! Non, ça ne marchera jamais ! » avait-il conclu sans plus d'arguments.

Un débat les opposa, le vieux cadre ne désarmait pas, qu'importe que le PDG élève la voix, ses arguments étaient le reflet du terrain et de son expérience. Cette discussion tournait en rond !

Paul comprit qu'il en était de même à chaque réunion et depuis un certain temps déjà. Pour avoir passé des années dans la grande distribution, Paul savait aussi qu'il était périlleux d'obtenir un réel partenariat avec ces grandes chaînes ; vouloir jouer dans la cour des grands avait un coût et exigeait beaucoup de sang-froid. En un sens, le directeur commercial n'avait pas tort. Pourtant, le patron ayant déjà tranché et défini le cap, pourquoi Bernard s'acharnait-il à ramer à contre-courant ?

Enfin, vint le tour de Béatrice. Paul l'avait rencontrée lors de la signature de son contrat, Dieu sait pour quelle raison la directrice ne s'était pas chargée elle-même de cette formalité. Depuis, le document dormait sur son bureau en attente de sa contre-signature. La chef-comptable fit une intervention rapide concernant le contrôle fiscal auquel la société était assujettie :

— Rien de bien méchant, ce n'est pas la première fois. Les services fiscaux ont pris rendez-vous hier et seront dans nos locaux dès demain. Comme la dernière fois, ils chercheront jusqu'à ce qu'ils trouvent quelque chose à se mettre sous la dent. La comptabilité est claire, je m'en porte garante. Donc ne soyez pas surpris si deux personnes étrangères aux services vous questionnent, ils font leur travail. Ils ont tous les droits, inutile de stresser ou de s'énerver. Bien au contraire, je conseillerai à chacun d'entre vous de rester courtois. Pour autant, inutile de s'attarder sur les détails, si l'un d'eux vous fait des misères, vous pouvez toujours m'appeler. Voilà, c'est tout !

— C'est tout ! insista Monique Manceau.
— Euh, oui. Enfin non, j'aimerais ajouter un dernier point qui nous concerne tous.
— Allez-y, autorisa le PDG.
— Je suis juste surprise que personne dans cette réunion n'ait daigné souhaiter la bienvenue à monsieur Marielle, il me semble que l'ensemble de l'encadrement est réuni, c'est bien l'occasion idéale ! Alors bienvenue Paul !
Tous applaudirent sauf évidemment la directrice qui ne tarda pas à reprendre la main :

— Merci Béatrice, mais il me semble que monsieur Marielle a déjà été présenté à chacun d'entre vous. Vous avez donc tous eu l'opportunité de lui présenter vos encouragements. Je ne suis pas certaine, ma chère Béatrice, que votre intervention était nécessaire. Comme d'habitude, vous tentez de vous faire remarquer, la bienséance aurait voulu que vous vous en absteniez. Je vous le redis, quand on aura besoin de vos conseils, on vous sonnera. Aussitôt, le PDG intervint :

— Allons, allons, mesdames, vous n'allez pas recommencer à vous écharper. Mais Béatrice n'a pas tout à fait tort, j'aurais dû y songer moi-même.

Alors, après avoir fait amende honorable, le président souhaita la bienvenue au nouvel arrivé. Il insista sur la nécessité du dialogue et sur le respect d'autrui, tout ce qui, aux yeux de Paul, manquait dans l'entreprise. Enfin, Roger Pichon insista pour que Paul s'exprime.

— Merci beaucoup, j'apprécie ! Euh, je ne m'attendais pas à devoir parler ainsi aujourd'hui. Je dois dire qu'hier, en faisant la visite du site, j'ai été très impressionné par la taille et le fonctionnement de l'usine. J'aimerais pouvoir apporter mon humble contribution à la bonne marche de cette entreprise, en particulier dans mon domaine de compétences. Comme monsieur Pichon vient de le suggérer, je pense qu'on peut toujours améliorer les rapports humains, cela passe souvent par des règles ou des compromis. Une bonne entente facilite la communication et à fortiori les décisions. J'aurais donc quelques requêtes en ce sens mais je crois qu'une semaine supplémentaire d'observation et de réflexion me donneront une meilleure objectivité. Merci pour votre accueil.

Après quelques applaudissements auxquels la Manceau ne participa pas, la réunion reprit son cours. C'est ce moment que choisit Béatrice pour s'éclipser.

Un peu plus tôt, elle avait confié à Paul qu'elle quitterait la réunion avant la fin. Elle avait aussi ajouté que ces assemblées ne servaient strictement à rien puisque jamais personne ne tenait compte de votre avis. De plus, elle n'avait jamais vu une de ces réunions commencer à l'heure ; l'ordre du jour, quand il y en avait un, n'était jamais respecté. Ajoutées au risque de vous faire lyncher, ces causeries pouvaient parfois finir en pugilat si vous aviez le malheur de vous éterniser.

— Moi, j'ai compris, je pars à seize heures, je prétexte une envie d'aller aux toilettes et je m'éclipse. Mais toi, en tant que RH, mon pauvre, tu vas devoir supporter l'intégralité de la mascarade !

Paul n'avait jamais vu une comptable aussi drôle. Sa franchise et son sens de l'humour en faisaient une personne à part. Comment ne pas tomber sous son charme ? Paul en fut immédiatement convaincu, cette femme avait de quoi faire chavirer les cœurs, il devrait rester vigilant et ne jamais tomber dans sa toile.

**

Depuis la dernière réunion où madame Manceau s'était vu mouchée par le PDG, elle avait disparu des écrans radar.

Béatrice avait vu juste : le contrôle fiscal n'aboutit que sur des remarques d'ordre général, les deux hommes du fisc passèrent un très long moment dans le bureau de Pichon mais aucune information ne fuita. Monique Manceau, elle-même n'avait apparemment pas eu droit au chapitre et, la connaissant, elle devait être dans un état proche de la syncope. Enfermé dans son bureau depuis une huitaine de jours, chaque service ne s'en portait que mieux. La réunion du mercredi suivant avait été annulée et là encore, personne n'avait eu à redire.

Un matin, Paul trouva son contrat posé sur son bureau. Son premier réflexe fut de jeter un regard sur la signature de la directrice. Il constata que certaines lignes avaient été ajoutées concernant ses prérogatives. Elles s'arrêtaient à la porte de Manceau et quoi qu'il ait l'intention de faire, il devrait obtenir l'approbation de la directrice. Pourrait-il passer outre, ou mieux, négocier directement avec monsieur Pichon ? Paul en doutait sérieusement car, selon Béatrice, Pichon s'en remettait toujours à sa responsable qui avait quasiment tous les pouvoirs ; les signatures, les traites et les salaires passaient entre ses mains, le principal en somme !

Régulièrement, Béatrice passait voir le DRH ; pour elle, toutes les occasions étaient bonnes pour bavarder. Paul se prêtait à ce petit jeu espérant ainsi récolter quelques informations supplémentaires qu'il n'aurait pas déjà entendues.

La comptable se demandait si Pichon et Manceau avaient eu une relation autre que professionnelle. Bien qu'il en fût tenté, Paul se garda bien de parler de sa propre découverte.

— Tu sais Paul, ne te fais guère d'illusions, ton rôle de DRH n'est qu'une façade. Bien sûr, tu t'acquitteras des tâches journalières mais jamais elle ne te laissera prendre de décision. Elle trouvera toujours une formule pour contrecarrer tes propositions. Je dois avouer, dans la tyrannie, elle est très performante, c'est sans doute cela qui lui a valu de garder son poste autant d'années. Avec elle, tout fonctionne et Pichon semble y trouver son compte. Que dire de plus ?

— Oui, je l'ai bien compris... Mais ne t'en fais pas pour moi, j'ai protégé mes arrières ; si toutefois il lui prenait de m'attaquer de face, je lui enverrais la monnaie de sa pièce avant de tirer ma révérence. J'ai déjà une balle dans mon chargeur, elle n'a qu'à bien se tenir !

Béatrice eut un sourire enjoué, heureuse d'apprendre que le successeur de Julie Galland avait de la ressource. Elle ne serait plus seule à devoir affronter cette mégère.

Lors d'une pause-déjeuner, Béatrice demanda à Paul :

— Mais dis-moi, Paul, pourquoi as-tu quitté ton précédent emploi pour venir t'enfermer dans ce bureau ?

Paul s'était promis de ne rien évoquer de ce qui l'avait amené à démissionner de son précédent emploi, certain que ses raisons ne regardaient que lui-même. Pourtant devant Béatrice, il confia son histoire sans aucune gêne particulière.

— Eh bien, j'ai subi ce qu'en d'autres temps, nos ancêtres appelaient un siège !

— Cause toujours, tu m'intéresses !

— Tout allait bien jusqu'au jour où je me suis aperçu que des reproches aussi fallacieux qu'anodins provenant de ma haute direction, arrivaient presque quotidiennement. Un long et pénible harcèlement qui me pourrissait la vie sans que je puisse savoir qui en était le véritable auteur. Pendant presque un an, je me suis battu contre des moulins à vent sans savoir qui était mon ennemi. Les chiffres continuaient à être corrects mais la guérilla persistait dans l'ombre. Tu sais, dans ces très grosses boites, nous ne sommes que des pions ou des fusibles et, je dois avouer, ma patience avait du plomb dans l'aile.

— Continue, je raffole de ces histoires de fantômes !

— Oui, sauf que là, il m'est arrivé un truc pour le moins inattendu...

— Du suspense, j'adore !

— Un soir, nous avions terminé tard et je rejoignais ma voiture accompagné d'un collègue. C'était l'été dernier, il faisait encore jour évidemment, lorsque j'aperçus une bande de loosers qui s'affairaient autour d'un abri à caddies. Sans réfléchir et surtout sans écouter le conseil de mon collègue qui me suppliait de ne pas intervenir, je changeai de trajectoire pour aller à leur rencontre. Cinq jeunes d'une quinzaine d'années découpaient un caddie avec une scie à métaux. Pourquoi faire, je me le demande encore ! Mais, sous les yeux ébahis de mon collègue et avec une rapidité confondante, ils se sont rués sur moi me promettant la mort. Quand ils s'enfuirent, je n'étais plus que l'ombre de moi-même, le visage en sang et le moral dans les chaussettes. Complètement sonné !

— Bigre ! J'imagine que tu as porté plainte ?

— Oui, mais ce qu'il faut retenir de cette histoire, c'est que ma direction n'a pas eu le moindre mot de compassion à mon égard. A mon corps défendant, j'avais juste sauvé un charriot promis à la ferraille ! Je compris que la fin de ma carrière dans la grande distribution se présentait à moi ! Pendant presque dix années, j'avais donné toute mon énergie pour ce groupe et il m'avait usé. J'étais à bout ! C'est alors qu'on me proposa en guise d'avancement, présenté comme une nomination, une unité plus petite au centre de la France, là où personne ne veut aller, bien entendu !

— Ah les salauds !

— Le salaire était attrayant, mais après en avoir discuté avec mon épouse, j'ai simplement refusé. C'est alors que j'ai commencé à regarder les petites annonces proches de chez moi.

Côté direction, la pression est devenue insupportable, j'ai fini par accepter un bonus important pour m'en aller, j'ai signé ma liberté !

— T'as bien fait !

— J'ai appris, il y a peu, que mon remplaçant n'est autre que le fils d'un actionnaire important du groupe. Cela semble expliquer ces longs mois de harcèlement, il fallait que je m'en aille. Quoi que je fasse, ils auraient fini par avoir ma peau ! On ne se bat pas contre des géants, on accepte leur argent et on les quitte !

— Si tu le dis ! Je pense pour ma part qu'il existe des situations où l'argent n'est rien. Seule la raison l'emporte ! Mais je divague, cela n'a pas d'importance. Bien heureux de t'avoir parmi nous désormais !

Qu'avait voulu dire Béatrice ? Paul n'en savait rien.

3

A vingt-cinq ans, Paul en était certain, il avait trouvé l'amour de sa vie. Après avoir bien profité de son célibat, Sophie fut la dernière femme sur laquelle il posa ses mains. Ils avaient décidé de ne pas se marier mais ils avaient scellé une sorte de pacte dans lequel la trahison et la jalousie seraient exclues. Très vite, ils s'étaient mis en ménage et après quelques mois de vie commune, elle lui avait annoncé qu'elle était enceinte. Pour Sophie, jeune et brillante clerc de notaire, cette nouvelle tombait assez mal. Après toutes ces années d'études, elle avait rêvé d'un travail enivrant et enrichissant. L'institution lui avait donné sa chance et elle avait eu raison. Sophie s'était donné de la peine et son évolution de carrière était conforme à ses attentes. Son salaire aussi était appréciable et elle redoutait que la gestion d'un enfant soit incompatible avec ses choix professionnels. Pour Paul, cette idée semblait ridicule, la plupart des femmes en activité avaient aussi des enfants, le cas de Sophie n'était pas unique.

Anaïs vint au monde, le 12 septembre 2001.

Lorsqu'il avait quitté ses études huit ans plus tôt en tête de sa promotion, Paul ambitionnait de devenir responsable des

« ressources humaines » ; il pensait que ce métier aurait très vite le vent en poupe, en réponse aux besoins de plus en plus complexes des chefs d'entreprise. Paul se sentait prêt, il maîtrisait les règles sociales et avait développé de bonnes compétences relationnelles, il se croyait attendu par les moyennes et grandes entreprises ; en deux temps, trois mouvements, il allait décrocher le poste de ses rêves.

.

Il décrocha un poste d'assistant dans une usine d'agro-alimentaire et pensa que pour un débutant, la chose s'entendait. Il revit ses exigences salariales à la baisse et en jeune homme sage, il accepta de se conformer aux habitudes de ses chefs. Il démissionna à la fin de sa période d'essai. La première année fut la pire, pas moins de cinq entreprises firent appel à ses soi-disant compétences. Voyant que les hauts responsables empiétaient régulièrement sur son domaine de compétences, ne lui laissant que les tâches ingrates, il déchanta rapidement et se dit que le marché n'était sans doute pas mûr ; le millénaire touchant à sa fin, la présence dans l'entreprise d'une personne qualifiée dans les relations humaines semblait encore poser quelques problèmes ; pourquoi faire avec lorsque l'on peut faire sans !

Et puis il fallait bien apporter du beurre dans les épinards, alors Paul se plia à un rythme qui ne lui convenait pas. Il n'était qu'un assistant alors qu'il aurait voulu prendre part aux décisions.

C'est à cette époque qu'il entra dans la grande distribution en tant qu'assistant manager, il passa rapidement manager chef. Une période où, passionné par l'action, Paul multiplia les heures supplémentaires non-payées, il faut dire que peu à peu il était devenu l'un de ces pantins de service, corvéable à merci, embauchant à cinq heures du matin, rentrant à vingt heures et ce, six jours sur sept. Enfin, après trois années de bons et loyaux services, et après avoir prouvé son courage et sa résistance, il décrocha la place de directeur dans une petite unité du groupe, non loin de Chartres. Le salaire y était très correct et ses contraintes horaires moins presantes.

Sitôt installé dans ses nouvelles responsabilités, Sophie et lui achetèrent « la » maison de leurs rêves, une belle demeure d'architecte bâtie dans un petit quartier résidentiel à deux pas des commerces et de toutes les commodités ; Anaïs avait à peine un an, Maïween vint au monde deux ans plus tard.

Riche de son expérience sur le terrain, on proposa à Paul de diriger l'hypermarché situé à quarante kilomètres de chez lui. Un gros salaire à la clé, il accepta l'offre. Sauf exception, Paul ne travaillerait plus le samedi, Sophie lui souffla alors qu'après les courses et le ménage, la scolarité des filles et leurs activités culturelles, l'entretien des espaces verts lui prenant trop de temps, elle lui déléguerait volontiers la tâche.

***

Ce samedi après-midi de printemps, Paul avait entrepris de tondre le gazon, bien à contrecœur. Plus exactement, tondre le sien ne posait pas de problème mais … tondre celui de sa très chère voisine, la pauvre madame Blanchard, était une autre affaire ! Sophie lui avait très aimablement proposé d'entretenir son jardin pendant son hospitalisation, la pauvre femme s'étant cassé le col du fémur.

Il faut dire que Sophie avait ce don naturel d'empathie. Elle aimait les gens et les gens le lui rendaient bien, enfin presque tous. Quelques mois après leur arrivée rue des Fleurs, presque tous leurs voisins étaient devenus des amis. Dans sa grande bonté, Sophie s'était tout naturellement attachée à cette vieille dame aux cheveux bleutés dont la maison jouxtait la leur. Elle avait fait de Paulette Blanchard, la grand-mère qui lui manquait peut-être, une grand'mère dont les recettes et les astuces ne manquaient pas, couturière parfois lorsqu'une petite retouche s'imposait mais surtout une octogénaire esseulée en manque de bavardage. Âme charitable, Sophie s'était fait un devoir de s'inquiéter du sort de la vieille dame et elle lui offrait désormais son aide en toutes circonstances.

Durant le séjour forcé de Paulette à l'hôpital, Sophie s'était rendue plusieurs fois à son chevet, l'octogénaire ayant entrepris de lui raconter sa vie. Veuve depuis dix ans, le malheur de ce couple uni fut la perte de leur unique fille, morte d'un cancer vingt-cinq ans auparavant. A présent, seule sa sœur aînée comptait vraiment, malheureusement, comme un grand nombre personnes âgées, elle était atteinte de la maladie d'Alzheimer.

Les semaines passèrent et Paulette fut de retour au bercail. La vieille, comme l'appelait désormais Paul, ne fit cependant aucun effort pour trouver une solution durable à son problème d'espaces verts. Déjà, en temps normal, Il n'appréciait guère cette corvée répétitive mais maintenant que la surface avait doublé, il se demandait avec inquiétude combien de temps ce petit arrangement allait durer! C'était bien lui le dindon de la farce !

Paul n'aimait pas cette femme, son regard ne lui disait rien qui vaille.

— La place de cette femme est en maison de retraite, affirma Paul, soutenu par Anaïs qui n'aimait pas non plus sa voisine.

— Bien d'accord ! En plus, elle sent mauvais !

C'en était trop pour Sophie qui ne supportait pas l'égoïsme de son époux et encore moins qu'il embrigade leur fille. Pourtant, il apparaissait clairement que Paulette ne portait pas la fillette dans son cœur, contrairement à Maïween que la vieille gâtait bien plus que sa sœur.

Quand il eut terminé sa propre parcelle, il entreprit donc de démarrer la tondeuse de Paulette Blanchard. Le vieil engin ne voulait rien savoir. S'acharnant sur le moteur Briggs & Straton, la corde de démarrage lui resta dans les mains. « Il ne manquait plus que ça ! » pensa-t-il, énervé. Contraint et forcé, il alla chercher sa propre machine, une tondeuse Honda tractée. Après deux bonnes heures d'un travail éreintant, il prit une douche et s'en alla à Bricomarché, le lanceur de la vieille tondeuse Briggs & Straton en main.

Il dut patienter au moins vingt minutes avant que le vendeur-conseiller ne se débarrasse d'une grincheuse qui ne comprenait rien à rien aux explications du garçon qui formulait pourtant en bon français la différence entre un modèle thermique « 2 temps » et un « 4 temps ». La cliente s'en alla les mains vides, au grand désespoir du responsable de rayon. Quand Paul présenta la pièce défectueuse au professionnel, celui-ci retrouva le sourire.

— Houlà ! C'est la tondeuse de votre grand-mère ?

— Vous ne pouvez pas mieux dire !

— C'est que…une pièce comme ça, je ne suis même pas certain que l'on puisse l'avoir en commande. Vous avez la référence exacte du moteur.

— Briggs & Straton !

— Ça c'est la marque, mais vous connaissez la référence ?

— Non, pas du tout !

Déjà deux autres clients s'impatientaient, en attente de conseils. Sans s'affoler et en bon professionnel, le vendeur annonça la couleur :

— Alors, voilà ce qu'on va faire… Vous me laissez la pièce, et dès lundi, je vous rappelle pour vous donner une réponse. J'appellerai mon fournisseur et il me dira si cette pièce existe encore. Vous, de votre côté, vous m'envoyez la référence par SMS ; tenez, voilà ma carte.

Satisfait, Paul promit de lui envoyer la référence de la machine s'il l'a trouvait. Le vendeur ajouta :

— Vous pouvez m'envoyer la photo de la machine, cela m'aidera peut-être !

Dans le magasin, Paul s'attarda autour des machines électroportatives, certain qu'il n'utiliserait jamais ce type d'engin. Soudain, au rayon quincaillerie, il aperçut Béatrice, la comptable de chez Délicious. Elle semblait concentrée sur la notice d'un article. Il hésita un instant à aller la saluer, préférant l'observer de loin. Cette femme l'impressionnait. Il se sentit coupable de l'épier ; aussi, il se lança :

— Bonjour !

— Ah bonjour Paul ! comment vas-tu ?

— Et bien, tu vois, je bricole ; et je t'assure ce n'est pas mon fort !

— Et que bricoles-tu comme ça ?

— Oh, je dois dire que c'est plutôt pour ma voisine que je fais ça…

— Elle a bien de la chance ta voisine !

— Tu ne crois pas si bien dire, c'est une grand-mère acariâtre et surtout insupportable. Elle et son chien mériteraient d'être enfermés dans le même asile !

— Mais pourquoi lui rends-tu service si tu la détestes ?

— Je me le demande bien ! En fait, c'est ma femme qui a pitié d'elle. C'est une grand-mère qui vit seule, sans famille.

Béatrice fronça les sourcils comme si l'information l'intriguait :

— Ah, vous visez l'héritage ! dit-elle en plaisantant.

— Houlà, c'est bien le style de personne à cacher un gros magot sous son matelas, mais loin de moi l'idée de profiter de la situation.

— D'autres ne se gêneraient pas !

— Peut-être devrais-je y songer ! ajouta-t-il en riant bêtement.

Ils bavardèrent encore quelques instants puis après avoir bien plaisanté, ils se saluèrent en se souhaitant un bon dimanche. Paul serait bien resté un peu plus longtemps avec la belle rouquine mais c'est elle qui montra quelques signes d'impatience. Il traversa le magasin vers la sortie.

Là, il croisa le vendeur du jardin qui l'avait conseillé un instant plus tôt, il l'interpella à nouveau:

— Pardon, pour le lanceur de la tondeuse, j'ai réfléchi, laissez tomber, ne perdez pas de temps, la tondeuse est vraiment une antiquité. Je vais convaincre ma « grand-mère » d'acheter un nouveau modèle !

— Comme vous voulez, à votre service ! Amenez-là moi, nous récupérons les vieilles carcasses...

— Ma grand-mère ?

— Je pensais plutôt à la tondeuse, mais si votre grand-mère veut acheter une nouvelle tondeuse, elle peut venir me voir !

— Vous ne la supporteriez pas deux minutes !

— Croyez-vous ! Douteriez-vous de ma capacité à encaisser les coups ?

Les deux hommes rirent chaleureusement et se saluèrent.

Alors qu'il s'approchait de la sortie, Paul aperçut Béatrice payant ses achats à la caisse, elle était accompagnée d'un homme.

Paul passa son chemin et se précipita vers sa voiture.

***

Ce soir-là, Paul demanda à son épouse ce qui pouvait bien la perturber, et c'est en pleurs qu'elle lui avoua sa crainte d'être encceinte, ses règles n'étant pas revenues ; Paul sentit une panique s'emparer de sa femme, aussi une fois les deux filles couchées ce jeudi soir, ils discutèrent longuement de l'opportunité d'un troisième enfant. Anaïs avait treize ans et Maïween onze.

Paul pensait bien en avoir fini avec les couches et les biberons, pourtant une petite voix lui disait que cet évènement inattendu était peut-être une bonne chose. Rejeter cet enfant providentiel annoncerait une brèche dans leur union. Il sentait bien que Sophie était désireuse de ce troisième enfant, pourquoi ne pas partager ce sentiment ? Pourquoi donc, refouler un grand moment de bonheur et tomber dans la morosité au risque de voir sa femme faire une dépression.

***

Chaque jour, Paul épluchait une vingtaine de curriculum vitae, des candidatures spontanées pour la plupart, avec leur dose de perles qu'il avait plaisir à partager discrètement avec Béatrice. De bons moments complices devant des photos d'identité farfelues, des lettres de motivation sans aucune motivation, truffées de fautes d'orthographe, ou encore, des créations de haut niveau, certaines allant jusqu'à prodiguer leurs meilleurs conseils pour s'assurer des meilleurs avantages.

Paul rédigea une note à la directrice, lui faisant part de son souhait de répondre à toutes les candidatures, quel que soit l'intérêt porté à leur profil. L'automatisation des réponses n'engendrerait que très peu de travail supplémentaire et n'affecterait en rien les autres tâches. Pour Monique Manceau, tout ceci n'était que perte de temps, le nouveau DRH comprit le message.

Déclarations d'accident du travail, arrêts maladie, préparation de dossiers pour départ en retraite, entretiens avec les délégués du personnel, transmission de doléances, gestion de fins de contrat, relations avec quelques agences d'intérim, voilà à quoi ressemblait le quotidien de Paul. À vrai dire, après deux mois chez Délicious, il y prenait même du plaisir. Il émit quelques idées sur l'évolution du règlement intérieur par voie de courriel, aucune réponse ne lui fut cependant retournée.

En vain, Paul chercha dans les dossiers de Julie ce qui aurait pu ressembler à un organigramme. Il se refusa évidemment à demander à Monique Manceau et préféra s'adresser à Béatrice. Cette dernière affirma qu'il en existait un, elle l'avait vu passer un jour, il y a longtemps. Elle ajouta qu'à son niveau, les choses étaient claires, chacun faisait son boulot dans son coin sans emmerder l'autre ! Comme d'habitude, une plaisanterie accompagna sa déclaration.

— Tu peux rire ! mais j'ai déjà entendu ça de la part de Denis Prébois.

Et elle se mit à rire de nouveau.

— Ah, au fait, j'ai vu que la société d'exploitation est au nom de Jérépatine…

— Non, Jéparetine ! Oui en effet, c'est l'adresse de facturation. C'est un nom bizarre en effet, mais que cherches-tu au juste ?

— Je ne sais pas, c'est curieux, c'est tout !

— Pourquoi Paris s'appelle Paris, c'est comme ça, c'est tout ! Demande à la Manceau !

— Plutôt mourir !

Le courriel avait été envoyé par madame Manceau, avec copie à monsieur Pichon. On demandait à Paul d'organiser la prochaine réunion hebdomadaire et d'en soumettre l'ordre du jour dès le lundi. Le DRH n'en revenait pas, l'occasion était bonne pour changer certaines choses.

Après avoir informé chaque service de ce changement d'organisation, il reçut de nombreuses doléances ; tous avaient besoin d'un temps de parole. Paul fit un tri, veillant néanmoins à ce que chacun puisse s'exprimer, puis il établit le programme de cette journée attendue de tous. Enfin, il l'envoya à la responsable ainsi qu'au président.

Son courriel précisait que la réunion serait chargée et qu'elle devrait donc débuter à huit heures trente précises. La matinée serait réservée essentiellement aux questions administratives ou techniques. Les services administratifs pourraient s'exonérer de cette seconde partie si nécessaire, et vice versa. Un compte-rendu général serait envoyé dès le jeudi midi à chacun. Pour finaliser son mail, Paul suggéra un changement majeur pour les réunions suivantes afin qu'elles soient mieux réparties ; le mercredi après-midi pour la partie technique et le jeudi matin pour l'administratif.

La réponse de Manceau ne se fit pas attendre, elle se déplaça en personne dans le bureau du DRH, les yeux exorbités :

— Mais qu'est-ce qui vous a pris d'envoyer ce torchon au président, j'avais stipulé que vous deviez d'abord m'envoyer votre proposition. Une proposition, vous savez ce que c'est ?

— Pardonnez-moi, mais il n'était nullement précisé qu'il m'était interdit de soumettre l'ordre du jour à monsieur Pichon.

— Baliverne, vous saviez très bien ce que vous faisiez et si votre volonté est de me nuire, je vous préviens, nous serons deux !

— Je n'ai nullement cette intention, je tente seulement de bien faire mon travail. A ce propos, vous n'avez pas répondu à mon premier message, dois-je vous prévoir un temps de parole ?

— Moi seule suis habilitée à juger ce qui est nécessaire pour la bonne marche de cette entreprise, je n'ai nullement besoin de votre avis ni de vos suggestions. Quant à mon temps de parole, occupez-vous de vos oignons et les vaches seront bien gardées.

— Vous croyez ?

Elle se retourna et claqua la porte. Paul était au bord de la crise de rire, l'effet du mail avait été détonnant, pire que ce qu'il avait imaginé. Elle avait donné un fouet pour se faire battre et elle s'en repentait à présent.

Dans la soirée du mardi, monsieur Pichon arriva, pressé comme toujours ; il fit un bref détour vers le bureau de Paul avant de pousser la porte bleue. Qu'il vienne le voir en premier avant de se rendre chez madame Manceau lui fit craindre le pire.

— Bravo pour votre ordre du jour ! J'ai pris mes dispositions pour demain, j'ai compris le message ! Le président adressa un clin d'œil à son nouveau DRH et ajouta :

— Je serai à l'heure, promis ! Concernant la nouvelle organisation, pour le jeudi matin, je suis d'accord, j'en ai ma claque de ces réunions où tout le monde s'ennuie ! Je vois que la collaboration avec Monique Manceau porte ses fruits, bravo, vous l'avez mise dans votre poche !

— Merci, monsieur Pichon, cependant je pense que madame Manceau souhaiterait vous voir pour cette nouvelle organisation, justement !

L'instant d'après, on entendit des éclats de voix féminine provenant de la porte bleue. Denis qui venait de raccrocher son téléphone, fut au premier rang de l'incident ; Paul ne fut pas surpris de le voir arriver pour s'enquérir de la situation.

— Que se passe-t-il là-dedans ? Qui donc est en train de s'en prendre une ?

— Monsieur Pichon.

— Houlà, ça sent le cramé !

Le contrôleur de gestion tendit l'oreille pour entendre ce qui se disait derrière la porte bleue. L'épaisseur de celle-ci ne laissant filtrer que peu d'informations, il retenta sa chance auprès de Paul :

— Mais qu'as-tu fait ?

— Rien, pourquoi ?

— Ben, je ne l'ai jamais entendue crier si fort ! Tu l'as forcément énervée !

— Pourquoi penses-tu que je suis la cause du problème ? Ecoute Denis, je ne sais pas ce que tu essayes de me faire dire, mais si tu retournais à tes affaires, cela me permettrait de bosser…

— Euh, excuse-moi… Bon, j'ai du taf moi aussi.

***

La réunion commença à l'heure prévue, ils étaient tous présents sauf madame Manceau. Roger Pichon eut la délicatesse d'excuser sa responsable qui avait fait savoir qu'elle était légèrement souffrante. Puis il annonça que Paul Marielle dirigerait la réunion.

Le nouveau DRH intervint peu, il gardait l'œil sur l'ordre du jour ainsi que sur sa montre. De temps à autre, lorsqu'une question ne trouvait pas de réponse évidente et qu'inévitablement un débat s'engageait, il s'empressait de recadrer la conversation.

A plusieurs reprises, il dut préciser qu'un point n'était pas à l'ordre du jour, il nota néanmoins les réactions qui lui parurent pertinentes pour en discuter lors d'une réunion prochaine.

Plusieurs fois, Roger Pichon déborda du sujet, Paul fit exception en laissant dériver le débat. A la mi-journée, le timing de la réunion n'était pas tenu ; aussi, avant de lancer le point suivant, il informa qu'ils seraient dans l'obligation de sauter deux interventions.

— Je suis désolé Carole, mais je te promets qu'on parlera du slogan la semaine prochaine. L'intéressée sourit, le sujet était enfoui dans les tiroirs depuis plusieurs années déjà, l'avoir juste évoqué en présence de monsieur Pichon ressemblait à une victoire.

Pour Paul, cette première réunion lui avait pompé une grande part de son énergie. Et bien qu'elle se terminât avec plus d'une heure de retard, tous le félicitèrent pour sa maîtrise des débats. Le président lui-même, conscient de ses débords, s'excusa, promettant qu'il ferait mieux la prochaine fois. Paul conclut que tout s'était passé à merveille. Des décisions avaient été prises, d'autres pas, mais tous avouèrent que la réunion avait été rondement menée. Comme prévu, Paul rédigea un compte-rendu que les chefs de service reçurent avant midi, le lendemain. Roger Pichon s'était empressé de traverser le couloir et de le féliciter pour sa synthèse. Paul avait travaillé tard la veille pour parvenir à ce résultat, il se demanda un instant s'il n'en faisait pas un peu trop. Tiendrait-il longtemps à ce rythme ? Il en doutait.

Profitant de l'absence de la directrice, Paul questionna le président au sujet de l'organigramme. Il eut pour toute réponse, qu'en effet, il en existait bien un quelque part et qu'il serait bon de le remettre à jour. Cette dernière réflexion n'était pas tombée dans l'oreille d'un sourd, madame Manceau allait être surprise !

***

Noël approchait et Monique Manceau s'absenta pendant une quinzaine de jours. Lors de la toute dernière réunion de l'année, en guise de conclusion, Roger Pichon avait fait savoir que la directrice serait en congé toute la période des fêtes. Soulignant au passage qu'un peu de repos ne lui ferait pas de mal, il invita chacun de ses responsables à la plus grande circonspection dans leurs services respectifs. Il ajouta cependant que si ces fêtes étaient propices au relâchement, les commandes des clients, elles, ne prenaient jamais de congés.

En l'absence de Monique Manceau, tout le monde était plus détendu, Paul et Béatrice ne faisaient pas exception. Il régnait dans l'entreprise un air de fête plutôt appréciable et, il faut l'admettre, la machine à café fut plus souvent sollicitée qu'à l'habitude. La jolie comptable et le nouveau DRH s'y retrouvaient parfois et il n'était guère difficile d'imaginer Paul conter fleurette à cette jolie rousse !

Pourtant il n'en était rien. Certes, ils s'attardaient là plus que de raison mais c'était en louable camaraderie, profitant de ces instants de relâche pour aborder des sujets d'ordre professionnel ou pour médire sur celle qui était absente, ce qui, inévitablement, occasionnait quelques éclats de rire de la part de Béatrice.

Béatrice Bretodeau était une comptable pointilleuse. Dans son travail, rien ne lui échappait. Le DRH appréciait collaborer avec cette femme experte et efficace. Sa maîtrise des dossiers imposait une sorte de respect. Même la directrice en convenait, cette Béatrice était une pointure ! Paul ne put s'empêcher de parcourir son dossier personnel sans toutefois y découvrir le moindre indice suspect, sinon son âge véritable et la date d'intégration dans l'entreprise, en 2009.

Ce fut Béatrice qui fit le premier pas. Afin de ne pas rajouter aux commérages qui ne manqueraient pas de poindre dans l'esprit de certains, elle proposa à Paul de boire un verre à l'extérieur, un de ces soirs, après leur journée, « en tout amitié », crut-elle bon d'ajouter. Paul accepta mais à peine avait-il donné sa réponse qu'il s'en mordait déjà les doigts. Dans quel piège allait-elle l'emmener ?

Ils se donnèrent rendez-vous dans un salon de thé près de la gare.

Paul n'eut aucune gêne à évoquer sa famille. Ils rirent ensemble sur les déboires que rencontrait Paul avec la vieille Paulette, son gazon et son terrible chien Lucky. Béatrice, quant à elle, si elle resta discrète sur sa vie privée, lui confia que son vœu le plus cher était de partir découvrir les Chutes de l'Ange au Venezuela. Paul n'avait jamais été très calé en géographie, elle sortit de son sac à main un prospectus de ce site extraordinaire qui, selon elle, était le meilleur endroit pour mourir.

Même s'il ne l'avouerait jamais, Paul était sous le charme de la belle.

***

La journée du lundi commença sur les chapeaux de roue. Lucien Bournel, le responsable d'atelier et gestionnaire du personnel d'usine, l'appela sur son poste vers dix heures du matin, Paul devait se déplacer pour constater et être le témoin d'un regrettable incident. Un employé était enfermé depuis près d'une heure dans les toilettes. Un gars de la sécurité força la porte et personne ne fut surpris de découvrir l'individu qui dormait assis sur le siège, pantalon baissé ! L'homme semblait cuver. On l'emmena dans la salle faisant office d'infirmerie, proche de la réception, et on l'allongea sur une banquette afin qu'il termine sa sieste.

Quand il fut suffisamment dégrisé, il dut s'expliquer avant d'être réprimandé et sanctionné. Ce type d'incident était chose rare même si chaque semaine avait son lot de dérapages à la fois drôles et amusants quand ce n'était pas triste ou affligeant. Ces problèmes trouvaient très souvent leur origine dans la cellule familiale. Séparation ou solitude, hommes ou femmes en étaient victimes. L'alcoolémie tenait le haut du pavé, et il faut bien l'avouer, la plupart des gens qui travaillaient sur ces chaînes auraient préféré être ailleurs, comment les en blâmer !

Le mois passé, Paul dut séparer durablement deux femmes qui, sur le même poste, ne pouvaient pas s'encadrer. Aucune ne put dire ce qu'elle reprochait à l'autre, mais elles en étaient certaines, elles se détestaient. Après un an de travail l'une en face de l'autre, elles finirent par en arriver aux mains. Le pire dans tout cela, c'est que personne n'avait jamais perçu le moindre signe d'hostilité entre elles. On mit la plus âgée des deux à un autre poste de travail afin qu'elles ne se voient plus. Quinze jours plus tard, on appela Paul pour qu'il les sépare à nouveau ; elles s'étaient croisées sur le parking et elles avaient remis ça. L'une et l'autre héritèrent d'une mise à pied d'une journée, dans l'espoir de les calmer.

* * *

Dès son retour de congé, la haute responsable ne manqua pas de s'intéresser au compteur de la machine à café. Le constat était sans appel, donnant raison au plus vieux dicton opposant le chat aux souris ! Elle en fit la remarque à Paul, sans toutefois lui adresser le moindre reproche, ce qui, dans un premier temps, lui parut suspect. Curieusement, elle évoqua brièvement ces magnifiques vacances à la neige, et les parties de plaisir dont elle était capable. Mais Paul fut stupéfait quand elle lui présenta ses excuses pour son comportement passé. Elle tenta, sans toutefois y parvenir vraiment, de lui expliquer les raisons qui lui avaient fait perdre les pédales. Se prêtant au jeu de la camaraderie, ce qui n'avait rien d'évident, elle balaya sous le tapis les quelques autres incidents survenus durant son absence. Tout allait rentrer dans l'ordre, lui promit-elle.

Pendant les semaines qui suivirent, Monique Manceau démontra que leur collaboration portait ses fruits, le nouvel organigramme fut présenté à tout le personnel. Tous admirent qu'un service de sécurité devenait indispensable tant les accidents de travail s'étaient multipliés les derniers mois. Début janvier, il y eu l'attentat de Charlie Hebdo, Paul perçut un changement dans les différents comportements. Certes, personne ne pensait qu'un djihadiste allait débarquer dans l'usine mais les manifestations de solidarité auxquelles Paul et sa famille avaient également participé, avaient déchaîné des commentaires en tous genres ; les réseaux sociaux avaient libéré les esprits et de nombreux français, par acquis de conscience, voulaient apporter leur contribution à la lutte pour, entre autres, la liberté d'expression. Tout le monde était devenu Charlie ! Les syndicats en profitèrent pour réclamer plus d'écoute, ce qui dans la tête de Monique Manceaux résonnait comme, davantage de recrutements et des augmentations salariales. L'un et l'autre furent accordés de façon mesurée, Paul se félicita d'avoir gardé au centre des débats, une hauteur de vue profitable aux deux parties. Aussitôt l'accord signé, les délégués syndicaux revinrent à la charge pour réclamer plus encore, la porte du DRH se referma.

Les travaux d'agrandissement touchaient à leur fin. Les artisans et monteurs en tout genre avaient quitté les lieux pour laisser la place aux techniciens et, évidemment, à la réalisation des premiers tests : autant dire que Roger Pichon était aux anges. Madame Manceau s'était elle-même chargée de superviser les préparatifs de l'inauguration prévue à la fin du mois. Paul travaillait de concert avec la responsable et il fut bien obligé d'admettre qu'elle savait y faire. Sa connaissance des rouages de l'entreprise forçait l'admiration, c'était une femme d'aplomb, et si elle en abusait trop souvent, les résultats étaient là. Paul fut enclin à penser qu'il s'était peut-être trompé. D'ailleurs, pour le bonheur du plus grand nombre, la directrice affichait une attitude nouvelle et bienveillante. Pour d'autres, notamment Denis Prébois, il y avait là, anguille sous roche :

— Tu la baises ?

Il était entré sans frapper dans le bureau de Paul et, furieux, avait balancé ces trois mots en forme de question.

— Bonjour Denis, tu parles de quoi, là ?

— Monique, tu la baises ?

— Mais ça va pas non ! Je te rappelle que je suis marié…

— Tu la baises ! Son ton n'était plus à la question mais à l'affirmation.

— Je te dis que je suis marié, et puis fous le camp, j'ai autre chose à faire que d'écouter tes conneries, dégage !

— Tu la baises, c'est évident !

— Non, je ne la baise pas. Je te dis que je suis marié…

— Et alors ? moi aussi j'suis marié !

— Oui, mais moi, je me contente de ma femme et toi tu fais ce que tu veux, c'est ton problème. Tout le monde n'est pas obligé de tirer sur tout ce qui bouge ! Et maintenant vas-t-en !

Il fit semblant de reprendre son travail mais la tête n'y était plus. Cet incident aurait pu être comique mais il reflétait une réalité. Entre madame Manceau et Denis, le torchon brûlait. Les rapports entre les deux amants étaient probablement compromis ou peut-être même entièrement consommés. Paul se demanda ce que ces deux-là avaient bien pu éprouver l'un pour l'autre. Quoi qu'il en soit, elle en avait terminé avec Denis, peut-être chassait-elle déjà sur un autre terrain. Lui était aux abois, sa cote baissait et son emploi allait peut-être en pâtir. Ce piètre analyste financier avait eu la chance de travailler à ce poste uniquement parce que Monique Manceau y avait trouvé un intérêt. Mais l'homme blessé était peut-être devenu dangereux ; Paul n'était aucunement disposé à en faire les frais.

Le matin suivant, le coup de massue vint de Béatrice. Paul essuya de la part de sa collègue une froideur qui en dit long sur les ragots qui pouvaient circuler. Paul en fut certain, ce connard de Prébois avait dû colporter sa version, sa vérité, son mensonge.

Nombreux sont ceux et celles qui se délectent de ces bobards. La rapidité de l'information dépend toujours et essentiellement de l'importance du sujet. Cette fois-ci, Paul pensa que le niveau de crise était fort. Il s'enferma dans son bureau pour analyser la situation dans son ensemble.

Il appela Béatrice sur sa ligne et la pria de passer le voir pour une affaire quelconque, manœuvre ayant pour seul but de lever le doute. La chef comptable lui répondit qu'elle avait des choses urgentes à voir et qu'elle était donc de ce fait indisponible. Inquiet, Paul voulut en avoir le cœur net, c'est donc auprès de Carole Souvestre qu'il alla enquêter. Que n'aurait pas fait la responsable marketing pour venir en aide à son DRH et par la même occasion obtenir son soutien ! Elle n'y alla d'ailleurs pas par quatre chemins, les bruits de couloir étaient des plus croustillants, ce qui n'arrangeait guère les affaires de Paul. On lui prêtait une relation très particulière avec la directrice.

Paul avait horreur de ce type de conspiration, mélange de commérages, de méchancetés et de bêtises ; là, il en était devenu la cible impuissante.

Paul entra dans le bureau de Monique Manceau, non sans avoir frappé auparavant :

— Excusez-moi, un instant, j'ai une petite inquiétude…

— Oui, qu'y a-t-il Paul ?

— Euh, voilà, c'est un peu délicat.

— Allez-y, nous sommes entre nous…je vous écoute !

— C'est au sujet de certaines rumeurs qui circulent sur notre compte à tous les deux !

— Nous deux ! Elle se mit à rire comme il l'avait rarement vue. Enfin, elle se reprit :

— Non Paul, je pense que c'est là le fruit de votre imagination. Vous vous attachez trop à certaines personnes, prenez de la distance, vous verrez ça ira mieux !

— Mais, ils propagent une rumeur…

Sans même en savoir davantage, la directrice balaya la question d'un revers de bras :

— Bouh, la rumeur, il faut la laisser courir, elle finira par disparaître comme elle est apparue ! Je n'en suis pas à ma première. Vous verrez, avec le temps vous vous y habituerez ! Mais, j'y pense, vous sembliez moins inquiet les autres temps lorsque vous vous affichiez avec Béatrice !

— Ne croyez pas que…

— Non, non, je ne crois rien ! C'est peut-être dommage, vous feriez un beau couple tous les deux ! Je ne suis certainement pas la seule à l'avoir remarqué. Vous voyez Paul, il est très simple de faire des conclusions hâtives. La directrice parlait d'un ton bienveillant ; elle ne regardait pas son interlocuteur et s'affairait à ranger un tiroir. Alors elle ajouta :

— Avant que vous n'arriviez, c'est Carole qui en pinçait pour votre chère comptable. Elle ne s'en cachait guère. Evidemment, son orientation sexuelle n'avait pas manqué de faire le tour des services ; après ça, je ne sais pas ce qui s'est passé entre elles, j'ouvre rarement les portes sans frapper ! Ah, d'ailleurs, à ce propos, ne faites jamais comme moi, n'oubliez jamais de fermer la porte à clé lorsque vous… enfin, vous voyez ce que je veux dire ! cela vous évitera le ridicule ! Cette fois-là, j'ai eu la honte de ma vie ! Dieu merci, c'est tombé sur vous. Nous ne sommes plus des enfants et nous savons l'un et l'autre que la chair est parfois faible ! Nous faisons tous des erreurs, n'est-ce pas ?

Paul réfléchit un instant, c'était là une confession bien curieuse.

— Personnellement, je ne l'entends pas de cette façon, si toutefois ces ragots venaient à prendre de l'ampleur, je vous demanderais la permission de faire une note de service.

— Je comprends mais je vous le déconseille, cela ne ferait qu'apporter du grain au moulin de vos détracteurs. Vous savez, quand on dirige du personnel, on se fait des ennemis, il faut vivre avec ! Contentez-vous donc de faire votre travail et laissez couler, je vous le dis…

Paul ressortit du bureau dubitatif. Il ne savait plus que penser. Peut-être que tout ceci était en effet le fruit de son imagination ? Monique Manceau avait sans doute raison, si la rumeur existait réellement, il suffirait de l'ignorer pour qu'elle finisse par mourir d'elle-même, tout simplement ! A l'inverse, une note donnerait du crédit à l'imposture.

4

Ce vendredi soir, Paul avait terminé sa journée tard, une réunion informelle s'était inutilement prolongée. Lorsqu'il arriva dans sa rue, la nuit était déjà tombée. Il avait prévenu Sophie de son retard. Il était décidé à profiter de ce bon week-end, malgré certaines besognes qui lui étaient imparties, notamment, l'entretien des espaces verts. Paul avait pris l'habitude de garer son véhicule sur un stationnement de la rue, à deux pas de chez eux, permettant ainsi à Sophie de sortir sa voiture du garage sans qu'il ait besoin de déplacer la sienne. Il avait adopté ce principe ne sachant jamais qui, de l'un ou de l'autre, devrait décoller le premier.

Les ampoules des trois réverbères de la rue étaient grillées depuis un temps déjà. Paul avait appelé les services de la mairie, mais, ce soir-là, la rue était toujours dans la pénombre. Il réussit son créneau du premier coup mais il lui sembla que sa voiture avait heurté quelque chose. Avant de couper son moteur, il réenclencha la marche avant et vint se coller à la voiture de devant. Il laissa ses feux allumés, ouvrit sa portière et se pencha vers l'arrière de son véhicule pour y jeter un coup d'œil. Un bref instant, il crut voir une ombre déguerpir au loin. Il sortit une lampe torche de sa boîte à gants et passa derrière le véhicule pour comprendre ce qui s'était passé un instant plus tôt. Et là….catastrophe ! Sous le pare-chocs, Lucky haletait, dans un sale état. Mais que faisait-il là ? C'était à n'y rien comprendre.

Le chien de Paulette Blanchard, un genre de chiwawa dégénéré, aussi bête que méchant, passait sa vie à aboyer. Evidemment, Sophie n'entendait jamais le clébard. Paul et Lucky n'étaient pas nés pour s'entendre ! Paul avait à plusieurs reprises échappé aux crocs du fauve, un coup de savate sur le museau ne l'avait pas calmé bien au contraire.

Tapi sur l'un des piliers de la maison voisine, un chat observait toute la scène ; seul témoin du drame, il était peu probable qu'il vienne témoigner à la barre ! Paul se sentit seul.

Quelqu'un passa l'angle de la rue, arrivant droit vers l'assassin présumé. C'était Kénichi, le nouveau voisin, qui rentrait de son entraînement de basket. Il tapait le ballon en rebonds tout en progressant dans la direction de Paul. Les deux familles avaient sympathisé quelques mois plus tôt, lors de la traditionnelle fête des voisins. L'homme, d'origine cambodgienne, arriva tout sourire, mais il comprit très vite qu'il se passait quelque chose. Paul lui expliqua ses déboires. Le jeune homme se pencha sur le petit chien et l'ausculta comme s'il était vétérinaire.

— Trop tard ! Terminé le cabot !

Soudain, la fenêtre de Paulette Blanchard s'ouvrit: « Lucky, Lucky, allez, rentre maintenant ». Plusieurs fois, la vieille femme héla l'animal ; personne ne broncha, enfin elle referma sa fenêtre.

— Je vais devoir lui dire…

— Si j'étais toi, je n'en ferais rien ! objecta Kénichi.

— Elle va bien finir par voir ce que j'ai fait…

— Oui, tu as un gros problème, un très gros problème, insista le cambodgien.

— Mais je ne l'ai pas fait exprès ! Je lui expliquerai, elle comprendra !

— Non, elle ne comprendra pas !

— Je ne l'ai pas fait exprès…

— Tu n'as qu'à faire disparaître le cadavre.

— Non, c'est impossible, je ne peux pas faire ça !

— Si ! tu peux. Je dirais même, tu n'as pas le choix. Si tu lui dis la vérité, cette femme te pourrira la vie, tu peux en être certain. Elle ne te lâchera pas !

— Mais pourquoi ferait-elle ça ?

— Elle le fera, sois en certain ! Attends-moi là, je vais chercher un sac plastique. Tu n'auras qu'à l'enterrer dans ton jardin.

— Mais qu'est-ce que ce clébard foutait là, bordel ?

— Pipi, crotte, comme chaque soir, sur les arbres et la pelouse des voisins, parce que lui, il a tous les droits !

Le chat n'avait pas bougé d'un poil. Lorsque la fenêtre d'en face s'ouvrit à nouveau, il détourna son regard paresseusement.

— « Lucky, Lucky, viens mon chien ! ». Les deux hommes se turent jusqu'à ce que la fenêtre se referme à nouveau. Puis ils s'activèrent pour faire disparaître le cadavre. Paul serra fort le sac plastique et le balança dans son coffre. Une voix les interpella dans le noir. Braquant sa torche, Paul découvrit aussitôt la vieille dame qui pestait :

— Mais éteignez cette lumière, je n'y vois plus rien ! Que faites-vous là tous les deux ? Vous n'avez pas vu mon chien ?

— Votre chien ? Je ne savais pas que vous en aviez un, déclara Kénichi tout de go, offrant à Paul l'occasion de rebondir :

Mais si ! un petit chien mignon noir et blanc !

Et, s'adressant à Paul :

— N'en faites pas trop, jeune homme, je sais pertinemment que vous n'aimez pas mon chien !

— Pourquoi dites-vous ça ? Je l'ai nourri pendant tout votre séjour à l'hôpital. Je vous accorde que je n'ai guère d'affection pour la race canine mais je ne ferais jamais de mal à un chien !

Kénichi pouffa.

— Bon, vous l'avez vu ou non ? reprit la vieille.

— Moi, je n'ai rien vu, rien entendu, insista Kénichi, se reprenant ; c'était quoi comme espèce ?

— Comme race, devriez-vous dire, corrigea Paulette, mais pourquoi parlez-vous ainsi ? Vous avez bien dit : « C'était quoi ? »

— Ben, je ne sais pas moi, c'est quoi comme race ?

— Un petit, répondit la grand-mère, blanc, il était attaché avec sa laisse, précisa-t-elle.

— Mais… comment est-il parti, s'il était attaché à sa laisse ?

— Mais si ! je vais vous expliquer :

« Je venais de l'attacher pour l'emmener faire son pipi, quand le téléphone a sonné. Nous étions sur le perron et je m'apprêtais à verrouiller ma porte, alors vous imaginez, j'ai pris peur avec ma sœur qui est à l'hôpital ; j'ai donc lâché la laisse, sans le faire exprès bien sûr, et mon Lucky est parti. Alors je suis allée répondre à l'appel et c'était mon beau-frère, le mari de ma sœur. C'est un homme charmant mais il est un peu gâteux. Ah, ma sœur en avait de la chance, ce n'est pas comme mon mari, lui il était incorrigible ; mais il est mort maintenant, voilà euh… je ne sais plus… mais ça fait longtemps.

— Oui, bref, je le sais qu'il est mort votre mari, mais votre chien ?

— Non, il n'est pas mort, il s'est échappé pendant que je téléphonais, puisque je vous dis !

— Oui, vous téléphoniez à votre beau-frère. Mais il avait une laisse, disiez-vous ?

— Mais non, c'est lui qui m'a appelée, mais vous n'écoutez donc rien !

— D'accord, mais la laisse ?

— Mais oui, je venais de l'attacher pour aller faire son tour de quartier comme chaque soir.

Paul était dubitatif. Il ne se souvenait pas que Lucky possédait un collier, et pour la laisse, il en était certain, le chien n'en avait pas. Il était temps de mettre fin à cette discussion sans cul ni tête. Il ajouta brièvement:

— Bon ne vous inquiétez pas, il va revenir !

— Mon Dieu ! et s'il avait été kidnappé ? demanda la vieille femme.

— Pour un chien, ne dit-on pas « dognappé » ?

— Qu'est-ce qu'il raconte le chinois ?

— Cambodgien !

— S'il te plait Kénéchi, ne complique pas la situation. Elle est déjà assez confuse !

— Moi je suis confuse ?

— Mais non, je parle de la situation. Je dis seulement que l'affaire n'est pas simple !

La vieille dame n'en avait pas terminé avec ces deux-là, elle poursuivit son interrogatoire :

— Et que faisiez-vous là tous les deux ?

— Moi ? je rentre du travail et je saluais Kénichi, dit Paul en regrettant de s'être minablement justifié.

— Et vous, le Chinois ? demanda la vieille en lui faisant face.

Kénichi reprit les rebonds de son ballon, ce qui agaça Paulette.

— Comme votre chien, je profite de l'air frais, ironisa le cambodgien. Je trouve pour ma part que vous devriez rentrer chez vous. Est-ce bien la place d'une dame de votre âge de traîner dehors à cette heure tardive ? La soirée est plutôt fraîche, vous allez attraper du mal ou vous faire écraser par une voiture !

Kénichi venait d'enfreindre une ligne rouge intolérable pour Paulette Blanchard. L'homme avisé qui avait été de si bons conseils quelques instants auparavant venait de commettre une bourde impardonnable. Kénichi avait raison, cette femme était la peste et le choléra réunis ! Dieu merci, toute trace du drame avait été effacée. Paul sentit que la mégère, remontée comme une pendule, préparait sa réplique :

— Je ne vous autorise pas ce type de familiarité. Je suis née ici et je mourrai ici. Je marche dans cette rue comme je l'entends et si je vous dérange, vous n'avez qu'à passer votre chemin ou même retourner dans votre pays. Nous n'avons que faire de gens de votre espèce, entendez-vous bien ! Et puis arrêtez avec ce ballon !

Kénéchi, loin d'être blessé par ces propos infâmes, se mit à rire :

— J'imagine que vous voulez parler de ma nationalité ! Je suis Cambodgien et fier de l'être. Et vous de quelle espèce êtes-vous ?

Estomaquée mais à bout d'arguments, elle s'en prit à Paul.

— Et vous, rentrez donc chez vous au lieu de traîner avec n'importe qui ! Sur ces mots, elle fit demi-tour et rentra chez elle.

Paul dirigea sa torche vers le pilier, le chat avait disparu.

***

Ce samedi matin, Paul dormait du sommeil du juste, les jambes de Sophie entortillées dans les siennes, quand la sonnette carillonna. Paul sursauta, croyant avoir rêvé. Sophie grogna :

— Y'a quelqu'un qui sonne à la porte !

La sonnerie retentit à nouveau. Cette fois-ci, elle devint insistante.

— C'est pas vrai ! Il est quelle heure ?

— J'sais pas...

— Oh, non ! huit heures ! Mais qui peut bien venir enquiquiner les gens si tôt, un samedi ?

Paul prit son courage à deux mains, se libéra de l'étreinte de sa femme et se dirigea vers la fenêtre donnant sur la rue. Au même moment, Maïween entra dans la chambre de ses parents en se frottant les yeux.

— C'est qui ? demanda la fillette.

— C'est la vieille chouette, je l'aurais parié ! répondit Paul

— Maman veut pas que tu l'appelles comme ça !

— Je sais ma chérie, excuse-moi ! Mais il faudra que tu dises à la vieille chouette de ne pas sonner à cette heure !

— C'est pas une vieille chouette !

— Si, c'est même une vieille sorcière, rétorqua Anaïs qui, à son tour entra dans la chambre.

— Arrête de l'appeler ainsi, dit Sophie, sois plus respectueuse, c'est une dame âgée !

Paul ouvrit la fenêtre et fit signe à Paulette Blanchard qui s'apprêtait à appuyer à nouveau sur le bouton de la sonnette. L'air frais le saisit au visage et les deux filles s'empressèrent de sauter dans le lit parental pour s'emmitoufler dans la couette. Avant que Paul n'ait eu le temps d'ouvrir la bouche, Paulette lui lança :

— Vous avez vu mon Lucky ?

— Non, madame Blanchard, je n'ai pas vu votre chien, je dormais !

— Il n'est pas rentré, je n'ai pas dormi de la nuit, je suis inquiète... Et si quelqu'un l'avait enlevé ? Paul faillit pouffer de rire se rappelant la réflexion de Kénéchi la veille.

— Mais non, personne n'a kidnappé votre chien...

— Qu'en savez-vous ? Il faut le retrouver le pauvre, il doit être désespéré, il n'a pas eu sa ration de croquettes ce matin... et pourquoi riez-vous ?

— Vous avez appelé la SPA ?

— Justement, je voulais demander à Sophie de téléphoner. Elle doit leur dire que c'est mon chien. Il ne faut pas qu'ils l'euthanasient, j'ai vu à la télévision ce qu'ils font aux animaux que personne ne vient chercher... C'est Jean-Pierre Pernaut qui l'a dit ; à moins que ce ne soit l'autre, celui que je n'aime pas sur la 2.

— Bon, rentrez chez vous, Sophie passera vous voir ce matin.

— Oui, mais il faut qu'elle appelle la SPA !

— La SPA n'ouvre qu'à 14h00, je crois ; elle appellera, c'est promis !

— 14h00 ? Mais c'est trop tard, il faut appeler la mairie !

— Oui, on va faire ça... Maintenant rentrez chez vous. Paul referma la fenêtre.

Sophie s'était préoccupée de la « disparition » de Lucky toute la journée du samedi. Paulette n'avait plus revu son animal de compagnie depuis la veille et elle était aussi désespérée que si on lui avait coupé un bras. Sophie rameuta toutes les bonnes volontés du quartier afin d'entreprendre des recherches. Paul eut pour tâche d'enquêter dans les trois rues parallèles. Kénichi s'était porté volontaire pour accompagner Paul. N'ayant aucune photographie de l'animal, Sophie avait trouvé sur internet un chiwawa, aussi ressemblant que possible au féroce Lucky. Elle en avait tiré une trentaine de copies à la grande satisfaction de Paulette. Par chance, l'animal au poil blanc n'épuiserait pas les cartouches de couleur de l'imprimante, avait pensé Paul. La photo en main, les deux hommes s'étaient dirigés vers le bar du coin pour avaler une bière fraîche. A leur retour, ils déclarèrent que personne de ce côté du quartier n'avait vu l'animal.

— Nous avons fait chou blanc, insista Kénichi, témoignant toujours d'un certain humour.

Une affiche, avec la photo de l'animal, avait été placardée çà et là ; la mention « Recherche » et le numéro de téléphone de Sophie, la complétaient. Paul déplora l'absence d'une rançon et de l'énoncé « Mort ou vif » ; c'était évidemment un mauvais western. Une dizaine de bénévoles étaient à présent mobilisés, les adultes accomplissant une bonne action et les enfants du quartier à la recherche de Lucky, comme s'il s'agissait d'un jeu de l'oie ou d'une chasse aux œufs de Pâques. Derrière le mystère de la disparition de Lucky et l'ampleur des recherches, il fallait désormais composer avec la déprime de madame Blanchard. Sophie alla même jusqu'à l'accompagner à la messe dominicale, après laquelle elles se rendirent sur la tombe du défunt mari ; la vieille pleurnicha de plus bel lorsqu'elle aperçut l'albizia planté à l'entrée du cimetière. Il est vrai que Lucky ne manquait jamais d'y laisser sa signature et ce malgré le panneau « Interdits aux animaux ». Sophie ne cessait de lui répéter qu'il pouvait arriver qu'un chien disparaisse quelque temps et qu'il revienne ensuite, mais la vieille déclara qu'elle n'y connaissait rien, qu'elle confondait avec les chats. Paul en était certain, Lucky ne montrerait pas son pif avant longtemps !

***

L'inauguration de la nouvelle ligne de production eut lieu fin mars. Ce fut l'occasion pour Sophie de faire connaissance avec la famille Pichon. En vieux coquin, le père la félicita pour sa beauté ; quant au fils, il lui fit un baisemain puis félicita Paul.

Lorsque Sophie serra la main à madame Manceau, nombreux furent ceux et celles qui observèrent les deux femmes, impatients de voir leurs réactions. Au grand étonnement de tous, les deux femmes s'accordèrent au premier coup d'œil, longtemps elles discutèrent chiffons avant de dériver sur les différents magasins en vogue. Paul les abandonna rapidement pour rejoindre Carole qui semblait bien esseulée ; d'autant qu'elle lui avoua n'avoir pas pris la mesure de l'évènement et déplora « être habillée comme un sac ». Paul la rassura, elle n'avait besoin de rien de plus que son magnifique sourire.

— Vous me draguez !

— Pas le moins du monde !

— Du calme, je plaisante ! Pour votre information, j'aime les femmes. Je préfère que vous l'appreniez de ma propre bouche plutôt que par cette peste de Béatrice ou pire encore, par cet imbécile de Prébois. C'est peut-être dommage, vous êtes vraiment très bel homme !

— Carole, vous avez trop bu !

— Ce n'est pas faux, pardonnez-moi, je crois que je vais vomir !

Carole se précipita vers les toilettes, abandonnant Paul, stupéfait par ce qu'il venait d'entendre.

La grossesse de Sophie n'échappa à personne, tous félicitèrent les futurs parents, Paul essuya même quelques reproches, celui d'un vilain cachotier. Une courte visite de la nouvelle ligne fut organisée. Une fois ôtés les films de protection, les tuyaux et les cuves neuves étincelaient de propreté ; il aurait été probablement plus enrichissant de voir l'ensemble en fonctionnement, mais ce soir-là, les employés étaient de la fête.

Le petit cortège se retrouva autour d'une dégustation ; quelques nouveautés de la marque avaient été échantillonnées permettant à chacun de donner son avis. A la grande surprise de Paul, tout y passa, de quoi satisfaire l'initiative du grand patron. Pas moins de quatre journaux locaux et une chaîne régionale étaient présents. Bien briefé par Monique Manceau et Carole Souvestre, Roger Pichon se sortit à merveille de sa conférence de presse.

Lucien Bourdel arriva près de Paul, Il avait un hématome au niveau de la pommette droite.

— Elles viennent de recommencer !

— Encore ! Non, pas ce soir !

— Elles se sont encore croisées sur le parking, j'ai dû moi-même les séparer.

— Ah, et j'imagine que cette ecchymose…

— Oh, ça, ce n'est rien ! C'est juste le coude de Josette ! Un accident malheureux quoi !

Lucien était un bon professionnel, il savait motiver ses équipes et pour rien au monde, il ne leur aurait porté préjudice, préférant régler les choses lui-même et à sa façon.

— Laquelle a commencé cette fois-ci ?

— Je ne sais pas, enfin, je n'en suis pas certain ! D'après le mari de l'autre, c'est Josette qui a porté le premier coup, mais je crois que Simone a eu la primeur de l'insulte !

— Où sont-elles à présent ?

— Oh, elles sont rentrées chez elles, leurs belles tenues de soirée n'étaient plus que chiffon !

— Crois-tu que nous devons les sanctionner à nouveau ?

— Non, pas la peine ! Mais cette fois-ci, j'ai percé leur secret ; c'est ce con de Prébois, il passe d'un lit à l'autre comme s'il se croyait dans une basse-cour !

— Tu es certain de ce que tu avances là ? Si ça se confirme, c'est plutôt grave !

— C'est Josette qui me l'a dit. Elle était tellement désolée pour ce cocard, elle s'est enfin décidée à me raconter.

Préfet, maire et président d'honneur père se partagèrent le micro et tous vantèrent le grand dynamisme de l'entreprise Délicious et de son dirigeant ; ils se félicitèrent de leur collaboration et firent part de leur reconnaissance pour le maintien de l'emploi dans la région. Cette autocongratulation reçut des applaudissements bien mérités. Le PDG remercia ses équipes dans un discours que Paul avait écrit, avant d'être partiellement réécrit par Monique Manceau. Dès le début de l'après-midi, le député de la circonscription avait fait savoir qu'un emploi du temps trop chargé ne lui permettait pas d'être présent ; évidemment, il s'en excusait. Cela n'avait échappé à personne, la présence des journalistes était la vraie raison de son absence. Pour le gouvernement, la semaine avait bien mal commencé avec la loi santé de Marisol Touraine qui, selon les organisateurs de la manifestation, avait réuni près de 50000 blouses blanches dans les rues de la capitale. Un an plus tôt, ce même député avait été chahuté par les journalistes relatant ses liens d'amitié avec Jérôme Cahuzac. Ne désirant plus répondre à leurs questions, il adoptait désormais la stratégie de l'autruche.

Bien sûr, Béatrice Bretodeau était présente, vraisemblablement accompagnée de son mari. Paul ne reconnut pas l'homme qu'il avait aperçu à Bricomarché quelques mois auparavant.

Des poignées de main furent échangées. Béatrice tint cependant à faire la bise à son collègue DRH, à « titre exceptionnel » crut-elle bon ajouter. Paul piqua son fard. Sophie n'en fit pas cas, en ce genre de circonstance, il n'est pas inhabituel que l'ambiance se détende. Mais, pour l'occasion, la comptable semblait un peu trop enthousiaste, voire surexcitée. Curieusement, elle n'avait fait aucun effort vestimentaire, contrairement à son habitude.

En fin de soirée, il était clair que Béatrice avait ingurgité plus que sa part d'alcool, et son attitude dépassa les bornes. La parole libérée, elle envoya ici et là quelques blagues aussi lourdingues qu'incorrectes. Paul chercha des yeux son compagnon qui, de toute évidence, s'était volatilisé. Il fallait que ce cinéma cesse. Madame Manceau se déplaça pour demander à la comptable de se calmer. Elle y parvint mais la belle éméchée envoya une dernière grossièreté qui ne fit rire qu'elle-même : « Pardonnez-moi, madame, je crois avoir avalé un peu trop de moussaka ! » Elle finit par se glisser dans un groupe de jeunes femmes célibataires, des filles de la production ; Paul ignorait que Béatrice y avait des amies. On était passé à deux doigts de l'esclandre. Enfin, elle disparut au grand soulagement des convives. Denis Prébois ne s'était pas montré de la soirée, nul n'en connaissait la raison.

Les petits fours avalés et les bouteilles de champagne épuisées, les invités commencèrent très tôt à déguerpir. Paul en était ravi, il ne tenait guère à s'éterniser. Ce genre de cérémonie lui coûtait et, en d'autres circonstances, il n'aurait pas hésité à filer à l'anglaise.

Peu avant une heure du matin, les Marielle arrivèrent chez eux. Sur le trajet, ils avaient commenté la soirée. Tous les deux pensèrent que Béatrice méritait une remontrance, bien que dans ce cadre si particulier et dans ce type de circonstance, une remarque suffirait certainement. Qui sait ce qui l'avait piquée ? À n'en pas douter, elle regretterait amèrement son comportement. Toute la honte était pour elle après tout !

Sophie eut un mot pour Monique Manceau. Elle la trouvait très avenante et même très sympathique. Elle ajouta qu'elle avait trouvé sa tenue raffinée et très appropriée à la situation ; bref, des considérations que seules les femmes peuvent comprendre. Concernant, le père et le fils Pichon, elle ne put s'empêcher d'exprimer quelques remarques :

— C'est quoi cette histoire de baisemain !

— Oui, je sais, monsieur Pichon est un peu vieille France, j'en conviens, mais il est surtout courtois. Je parie que c'est la première fois qu'on te faisait cette galanterie !

— Oh, je t'en prie, ne sois pas plus royaliste que le roi ! Mais j'y pense, désormais chaque matin, je te présenterai ma main…

***

En quelques mois, Paul avait largement dépassé son quota d'heures supplémentaires, il négocia une semaine de vacances que Monique Manceau lui accorda sans discuter.

Quelques jours à la neige avec sa famille lui firent grand bien. Sophie se gardait bien de monter sur les pistes et tous prenaient grand soin d'elle. Elle trouvait très agréable de se faire dorloter ainsi d'autant que les deux filles ne cessaient d'échafauder mille scénarios sur la place du bébé à venir. Garçon ou fille, le bébé aurait trois mamans. Pendant ces quelques jours, pas une seule fois, Sophie et Paul n'évoquèrent leur travail.

Ce dimanche après-midi, Paul s'était allongé dans le salon et avait entamé une sieste indispensable pour atténuer l'effet de l'alcool des quelques verres de vin que son frère et lui avaient outrageusement avalés. Sophie l'avait remarqué, Paul avait eu la main lourde et la présence de son frangin fut une excuse toute trouvée pour déboucher la deuxième bouteille d'un bon Bordeaux. Son smartphone sonna et il mit bien du temps à le trouver ; il était resté dans la poche de son manteau. La sonnerie avait cessé et il fut perturbé quand il vit le numéro de portable de monsieur Pichon. Avant d'agir, il attendit de voir si un message arriverait. Il fit part de son inquiétude à Sophie qui lui conseilla de rappeler.

— On ne sait jamais, c'est peut-être grave. Jamais il ne t'a dérangé un dimanche !

— Moi, si mon boss me téléphone un dimanche, je ne réponds jamais, raison de plus pendant mes congés, affirma son frère sans complaisance. Il se débrouille avec ses problèmes, un point c'est tout !

— Je rappelle !

Paul s'enferma dans sa chambre afin d'y être tranquille. Il fit un premier appel, son interlocuteur sonnait occupé. Il patienta un long moment puis il essaya à nouveau, en vain. Il revint dans la cuisine où il se prépara un Expresso quand son téléphone sonna. Levant la main, il pria son frère de se taire:

— Allô !

— Ah Paul, Roger Pichon à l'appareil. Euh, excusez-moi de vous déranger un dimanche, mais j'ai une terrible nouvelle à vous annoncer. Croyez-moi, je ne vous aurais pas dérangé sans une véritable raison. Je crois qu'en l'occurrence, cela doit être le cas. Bernard Rochette s'est suicidé. Sa femme l'a trouvé pendu dans son garage, en fin de matinée.

— Oh non ! ce n'est pas vrai !

Paul devint livide et Sophie, qui venait d'entrer dans la cuisine, se colla à son mari afin de mieux écouter la conversation. Elle n'avait pas entendu de quoi il retournait, mais le visage de son mari en disait long, quelque chose de grave venait de se passer.

— De plus, il a laissé un mot sur la table ; d'après sa femme, il met directement en cause l'entreprise. Elle est furieuse contre nous. Je le connaissais depuis toujours, c'était un brave type, jamais je n'aurais cru !

Paul restait silencieux et écoutait son patron, percevant parfaitement les sanglots dans sa voix. Roger Pichon se reprochait de ne pas avoir empêché ce drame.

— Vous n'y êtes pour rien. Il y a parfois des choses qu'on ne s'explique pas, les hommes sont parfois faibles ! Que dire de plus.

— Oui, je sais ! mais mon tort est de ne pas l'avoir convaincu d'arrêter quand il en était encore temps. Depuis trois ans qu'il avait droit à sa retraite, il ne voulait pas en entendre parler. Il a poussé le bouchon trop loin !

— Oui, c'est sans doute un peu ça, mais c'était son choix avant tout…Que puis-je faire pour vous aider ?

— Oh, rien pour aujourd'hui, je tenais à vous prévenir. Demain, il serait bon d'embaucher une heure plus tôt. Nous allons avoir de nombreux coups de fil à donner. Monique est en train de rédiger la liste de ses contacts professionnels. D'ores et déjà, j'appelle ses collègues commerciaux.

— Puis-je vous aider d'une manière ou d'une autre ?

— Non, non ! Je suis désolé d'avoir gâché la fin de vos vacances, mais j'ai pensé que…

— Vous avez bien fait. C'est normal, je vous remercie de m'avoir prévenu. Surtout si vous avez besoin de mon aide, n'hésitez pas.

— Merci Paul, à demain !

***

La semaine fut particulièrement pénible, tout le personnel de chez Délicious se montra digne face à ce terrible malheur. Une cérémonie religieuse eut lieu dans la grande église Notre-Dame, bondée de sympathisants. Bernard Rochette était un employé modèle et tous le pleuraient à présent.

Une enquête de routine fut diligentée ; monsieur Pichon, madame Manceau, Paul Marielle ainsi que deux commerciaux furent entendus par des gendarmes. Paul se contenta de dire qu'il ne le connaissait que depuis peu et crut bon d'ajouter que selon lui, son acte n'avait en rien été guidé par une quelconque pression de l'entreprise. Il en avait été témoin à plusieurs reprises, monsieur Pichon respectait cet homme.

Le jour suivant, une réunion du comité directeur eut lieu à huis clos en présence d'un juriste partenaire. Paul, également convié, en apprit davantage sur les dernières heures de la vie de Bernard Rochette. Pichon confia qu'il avait eu une discussion houleuse avec son directeur commercial, la veille de son passage à l'acte. Le patron avait acquis la certitude que Bernard Rochette trafiquait les comptes depuis un moment déjà. Etait-ce vraisemblable ? Ainsi, pour satisfaire son patron et garder la tête du service, ce vieux collaborateur de la première heure aurait falsifié ses chiffres. Paul était dubitatif.

Gonfler artificiellement les chiffres ne dure qu'un temps, cela entraîne nécessairement des incohérences ici et là. Le service comptable en avait rapidement décelé quelques-unes. Béatrice avait soulevé le lièvre et en avait fait part directement à Roger Pichon. Sans doute avait-elle pensé bien faire ; Paul était pensif. S'il était resté en bons termes avec la comptable, peut-être serait-elle venue lui en parler en premier plutôt qu'au patron ? Paul en était certain, il aurait géré la situation avec beaucoup plus de tact.

Bernard avait tout nié en bloc, même lorsque le patron lui avait mis les preuves sous le nez ; ensuite, il plaida sa cause en improvisant un complot aussi ridicule qu'improbable.

Trahi, Roger Pichon avait demandé à Bernard de démissionner, la confiance étant rompue. Pour le vieux commercial, c'était simplement inenvisageable. Son travail était sa vie. La retraite, c'était pour les autres, ceux qui la veulent. Lui, non ! Qu'aurait-il fait de tout ce temps libre ? Aller à la pêche !

Les deux hommes s'étaient emportés, ils avaient échangé quelques noms d'oiseaux. Puis il y eut les reproches, surgissant d'un lointain passé, ceux que l'on avait presque oubliés, ceux qui rouvrent les plaies dont on pensait qu'elles étaient définitivement refermées. Vingt ans auparavant, alors que le père Pichon était encore aux commandes et que le fils n'était qu'un bleu aussi empoté qu'ambitieux, les deux hommes s'étaient déjà écharpés. L'un voulant s'imposer, l'autre craignant de se faire voler sa carrière. Des jeunes pleins d'audace mais aussi pleins d'orgueil. Plus tard, ils s'étaient reconnus des compétences et s'étaient réconciliés. Mais voilà qu'à présent, les travers d'autrefois refaisaient surface. Et puis Bernard était rentré chez lui et avait mis son dernier plan à exécution.

— Avez-vous évoqué ces derniers points avec les enquêteurs, demanda Paul.

— Oui, je n'ai pas eu le choix ! J'aurais préféré que cela ne se sache pas, j'ai d'ailleurs demandé aux gendarmes d'éviter, dans la mesure du possible, de l'ébruiter. Et puisque j'aborde ce sujet, je vous demanderai de faire de même. Je ne tiens aucunement à ternir l'image de Bernard. Et que cela soit dit en passant, personne n'aurait à y gagner.

Mais Monique Manceau ne l'entendait pas de cette oreille :

— Et comment allons-nous rétablir les choses ? J'entends par là, lorsque les commissaires aux comptes nous demanderont des explications sur la modification des comptes, comment prouverons-nous que nous ne sommes pas impliqués dans telle ou telle manœuvre de dissimulation volontaire ? Qui sait s'ils ne nous colleront pas une désapprobation des comptes arguant je ne sais quelle fraude consistant à vouloir faire porter le chapeau à un mort ? Moi je pense qu'on devrait déposer une plainte pour protéger nos arrières !

— Contre qui ? Bernard ? Il n'en est pas question ! objecta le patron. Pour les commissaires aux comptes, je me chargerai de leur expliquer nos déboires. Dans ces circonstances, ils comprendront. Et puis quoi, ce ne sont pas des extraterrestre non plus !

— Eh bien moi, je ne paierai pas les pots cassés à cause de cet imbécile qui n'a même pas daigné avouer sa faute devant vous. Sauf de s'être passé la corde au cou, ce qui me semble d'ailleurs l'aveu même de son forfait, cet homme ne mérite que mon mépris.

— Et que comptez-vous faire ? rétorqua le PDG.

Un long silence remplit la salle. Tous attendaient que la directrice expose son idée. Elle venait de tomber dans son propre piège. Roger Pichon brisa la glace, invitant chacun à rejoindre son bureau respectif.

***

Béatrice était revenue dans le bureau de Paul une première fois, puis une deuxième. Paul s'amusa de l'attitude de la comptable. Mielleuse à souhait, elle finit par lui proposer de déjeuner. Paul répondit qu'il était débordé, ce qui n'était pas faux, il préférait reporter à plus tard. Elle trouvait des prétextes futiles pour descendre d'un étage : trop de monde à la machine à café, un détail sur un document pour lequel elle désirait avoir son avis, bref, tout était bon pour se racheter ! Paul hésitait pourtant à lâcher prise. Sans doute, leur camaraderie des premiers mois avait-elle été trop décontractée ; aujourd'hui, Paul payait sa négligence. Ces derniers temps, Béatrice ne lui avait fait aucun cadeau et voici qu'elle revenait à peine gênée ! Bon, il fallait le reconnaître, elle était craquante et il n'espérait qu'une chose : se réconcilier ! D'autant qu'avec tous ces récents évènements, une bonne complicité faciliterait le quotidien.

***

Paul reçut sur son bureau la démission de Denis Prébois. Aussitôt, il se leva de son siège, traversa le couloir et se dirigea vers l'intéressé.

— Je viens de recevoir ça, tu es sérieux ou c'est de l'esbroufe ?

— Tout ce qu'il y a de plus sérieux, Paul, je ne me sens plus à ma place dans cette entreprise.

Il y eut un silence gêné ; puis, la tête basse, Denis reprit :

— Je foire tout ce que j'entreprends. Et je dois te le dire, l'avertissement que tu m'as envoyé le mois dernier m'est resté en travers de la gorge.

— Holà ! moi, je ne t'ai rien envoyé, je n'ai fait que suivre les directives. C'est eux qui ont décidé !

— Oui, mais c'est bien toi qui les a conseillés !

— Mais c'est rien ça, faut t'en remettre ! Un avertissement, ça sert à ça ! Comme je te l'ai déjà dit, cela doit être une prise de conscience ; déconner, ça peut arriver à tout le monde.

— Non, mais tu t'entends me donner des conseils ! Depuis ton arrivée, tout part en vrille dans cette boite. Je lis clair dans ton jeu, tu veux la place de Monique Manceau et tu finiras bien par l'avoir. Tu joues au lèche-bottes avec le patron. Tout le monde voit ton manège. Tu es prêt à écraser n'importe qui sur ton passage ; et pour toi, tous les moyens sont bons. Tu es un arriviste Marielle, doublé d'un connard ! Moi, j'me casse !

— Mais qu'est-ce que tu me chantes là ! Tu te montes le bourrichon, mon pauvre. Je ne fais que mon boulot.

— Oui, c'est ça ! Sur le visage de Denis Prébois, Paul vit une grimace. Non content de cette altercation, l'analyste insista :

— Et puis, j'apprends que tu fricotes avec la comptable, sais-tu qu'elle a une gamine ? Ah ! il est vrai que tu aimes les grandes familles !

— Bon, d'accord, tu veux la jouer ainsi. Je te prierai cependant de cesser les insultes à l'égard de tes collègues et pour les commérages que tu te plais à dispenser ici et là, sache qu'ils ne volent pas haut. Oui, tu as raison, tout le monde en a marre de tes conneries !

— Des commérages ? Je ne vois pas de quoi tu parles !

— Inutile de nier, je sais que tu es à l'origine des ragots du mois dernier. Je te l'ai déjà dit, que m'importe ce que tu as essayé de faire autrefois avec Madame Manceau, je me fous de tes histoires. Mais si elle t'a laissé tomber, sache qu'à mon avis, tes jours étaient comptés au moment même où tu as posé la main sur elle. Je ne sais pas si tu en as eu l'initiative mais tires-en une leçon une fois pour toutes, on ne met pas le doigt dans le pot de miel impunément. Tu as joué, tu as perdu. Mais ne reporte pas ta faute sur les autres comme tu le fais si bien ! Je ne te parle même pas du foutoir que tu as mis dans les autres services. Allez, à bon entendeur, salut ! et bonne chance !

Ce n'était pourtant pas son genre d'élever la voix mais la moutarde lui était montée au nez. Depuis qu'il était dans cette entreprise, Paul n'avait fait que jongler avec les potins. Certes, il y avait contribué mais la farce devait s'arrêter. Paul se demandait s'il n'avait pas fait une erreur en acceptant ce poste ; six mois étaient déjà passés et il mesurait à présent l'ampleur de sa tâche, cela n'avait rien d'un parcours tranquille.

5

Christian regarda longuement l'affichette collée sur un poteau de la rue des Fleurs. Plusieurs fois déjà, il s'était arrêté pour l'observer de près : quelqu'un avait perdu son petit chien. Le soleil et la pluie avaient presque gommé les inscriptions ; bientôt le papier retrouverait sa blancheur d'origine. Il pensa soudain qu'il pourrait tirer parti de cette disparition, mais comment ? Premièrement, il lui fallait trouver un pote qui ait un téléphone. Non, premièrement, il lui fallait trouver un pote qui ait un crayon pour copier le numéro de portable écrit en bas de l'affiche, juste sous la photo du chien. Non, trop compliqué ! Il décida alors de gagner du temps, il tira sur l'affiche et l'enfouit dans sa poche.

— Salut Marco !

— Salut Christ, t'as bien dormi ?

— Ouais, j'ai trouvé une planque dans un cabanon de jardin, dans un lotissement sur le chemin de la déchetterie. Coup de bol, aucune clé et un lit de soleil équipé d'un coussin aussi moelleux qu'un matelas du Ritz, le paradis quoi !

C'était là un petit mensonge de circonstance, pour rien au monde Christian n'aurait donné l'adresse de sa crèche, de crainte d'y voir arriver un troupeau de SDF.

— En plus de ça, y'a un robinet. Regarde ce que j'ai trouvé dans un carton : des grolles, juste à ma taille.

— T'en as pas qui feraient du 44 ?

— Faut que je regarde ! Dis donc, Marco, ton téléphone, tu l'as toujours ?

— Non, je l'ai vendu à Bébert, une bonne affaire, il marchait plus !

— Tu l'avais rechargé au moins ?

— Comment veux-tu que je le charge, j'habite pas au Ritz moi ! De toute façon, j'avais perdu le chargeur !

— Il crèche où ton Bébert ?

— Je sais pas, mais j'ai son 06 si tu veux !

— Comment ça, t'as son 06 ?

— Dans mon carnet ! Aussitôt, Marco sortit un petit carnet crasseux de sa poche.

— Mais pourquoi tu gardes ces numéros, t'as pas de téléphone !

— On n'est jamais trop prudent !

Christian se demanda quelle imprudence Marco avait bien pu commettre pour se retrouver à la rue; même son carnet n'avait pu lui sauver la mise ! Lorsque le seul métier qui vous reste c'est SDF, il faut tout de même en connaître les ficelles !

La plus importante : en toutes circonstances, savoir prendre son temps ; ce qui n'est pas vu aujourd'hui, le sera peut-être demain. Ensuite, c'est qu'il ne faut jamais, mais alors jamais, faire confiance à un ami ! Enfin : avoir l'œil aux aguets ! Toujours garder un œil sur ce qui vous entoure. Comme vous avez que dalle, on ne risque pas de vous voler, mais le monde est rempli d'opportunités qu'il faut savoir cueillir à temps avant qu'un autre ne le fasse à votre place.

Un détail turlupinait Christian : sur l'affiche du chien perdu, il y avait ce numéro de téléphone, un 06. A vrai dire, ce chien, il le connaissait ; plusieurs fois déjà, l'animal lui avait planté ses crocs dans les mollets. Presque aussi méchant que sa propriétaire, ce clébard ! Christian aurait préféré ne jamais les avoir connus ces deux-là ! La vieille aurait-elle investi dans un téléphone portable ? Christian voulait en savoir davantage.

Fred, un jeune zonard, avait accepté de lui prêter son smartphone. « Trop facile » se dit Christian ! « Le blanc-bec doit avoir une idée derrière la tête ».

— C'est quoi ce téléphone ? Y'a même pas de touche, comment je fais, moi, pour composer mon numéro ?

Le jeune lui vint en aide, en deux coups de doigt, un clavier apparut sur l'écran, Christian tapa le numéro et porta l'appareil à son oreille. À trente-six ans, le « vieux » SDF était allergique à tous ces nouveaux appareils dont l'utilisation lui échappait complètement, jusqu'à remettre en cause leur intérêt. À quoi aurait bien pu lui servir un ordinateur, quand bien même il aurait eu le moyen de s'en payer un ?

— Allô ! c'est vous qu'avez collé les affiches pour le chien ?

— Euh, oui ! Enfin, il y a plusieurs semaines déjà. Mais qui êtes-vous ?

A l'évidence, la voix était celle d'une personne jeune et certainement pas celle de la vieille.

— Ah ! pardon, je ne me suis pas présenté parce que, voilà, ce n'est pas simple. Je m'appelle Christian, mais tout le monde m'appelle Christ. Le chien sur la photo, je sais peut-être où il se trouve…

— Vous savez ou vous pensez savoir ?

— Ben, je sais ce qu'il est devenu !

— Ah bon, dites-moi !

— Ben voilà, c'est que…, un renseignement comme celui-là, ça se dit pas au téléphone !

— Qui me dit que vous me raconterez la vérité ?

— Ben, c'est simple, le soir de sa disparition, j'étais tout près de la maison au volet vert, là où justement, le clébard a disparu ; j'ai tout vu, témoin de premier plan. Si la vieille ne l'avait pas laissé échapper, rien ne serait arrivé mais voilà, elle s'est précipitée pour répondre au téléphone. Pour la suite de l'histoire, et je vous jure qu'elle vaut le coût, il va falloir m'aider.

— Ah, je comprends, vous voulez de l'argent pour me dire où se trouve Lucky…

— Ben, dit comme ça, c'est bien aussi !

— Combien vous voulez ?

— Oh, pas grand-chose ! C'est vous qui voyez, mais cinquante euros, ça serait le bon prix !

— C'est que le chien ne m'appartient pas ; il faut que j'en informe sa propriétaire. Elle acceptera peut-être de vous donner une récompense.

— C'est ça, vous lui demandez à la vieille et vous passez me voir à mon bureau !

— Où ça exactement ?

— Oh, pour tout vous dire, je déjeune chaque midi au jardin public, sur le banc près de la fontaine. J'ai toujours un bonnet bleu, vous ne pouvez pas vous tromper. Et surtout, ne rappelez pas sur ce portable, c'est pas le mien !

Christian refila le portable à Fred, il était bien incapable de raccrocher lui-même ; ce dernier glissa son doigt crasseux sur la surface lisse du cadran. L'interlocutrice n'avait pas eu le dernier mot, Christ était plutôt content de lui. Il remercia le zonard tout en lui précisant :

— Si quelqu'un te rappelle et me demande, tu dis que… que je ne suis pas joignable actuellement et rien d'autre !

— D'accord, mais dis-donc, j'ai entendu parler de cinquante euros. Y aurait pas une petite commission, vu que le téléphone m'appartient ?

— Tant que l'affaire n'est pas dans le sac, il ne faut pas vendre la peau du cul !

— De l'ours !

— Quoi l'ours ? quel ours ?

***

Pour Sophie, il n'était pas question d'évoquer ce coup de téléphone avec sa voisine, elle devait tirer cela au clair elle-même. Dès le lendemain, elle se rendrait au jardin public pour voir la tête de cet énergumène. Au bout du fil, il n'avait pas l'air très futé, il s'agissait très probablement d'un voyou prêt à escroquer une grand-mère. Sophie savait qu'en évoquant l'affaire avec son époux, il ne se contenterait pas de la mettre en garde sur le danger d'une telle rencontre, il s'y opposerait avec force et conviction. Elle choisit donc de ne rien dire avant de s'y être rendue.

Il était midi trente lorsqu'elle franchit le portail du parc. Elle s'approcha de la fontaine et fut rassurée de trouver là quelques personnes. La main posée sur son gros ventre, elle se dirigea vers le banc. Qui oserait s'en prendre à une femme enceinte ?

Curieusement, le gars assis sur le banc n'avait pas ce fameux bonnet bleu évoqué la veille.

— Pardon, êtes-vous Christ ?

— Nan, moi c'est Fred ! Vous êtes la p'tite dame qui apporte le cash ? Montrez-voir !

— Où est Christian ? Dites-le moi ou je m'en vais.

— Nan, nan, prenez pas la mouche, Christian est retenu par une autre affaire, il m'a dit de vous dire où se trouve le chien mais faut payer d'abord.

Ce type était vraiment à vomir. En plus d'être sale, il puait l'alcool à plein nez. De plus, il avait ce truc agaçant, il gigotait sans cesse, comme s'il avait un castor dans le caleçon.

— Je vous le demande une dernière fois, où est Christian ?

— Vous fâchez pas ma p'tite dame, vous allez faire peur à votre bébé ! Ah ? Christian, il a eu un accident hier, je crois qu'il est à l'hôpital. Mais ça va, il est entre de bonnes mains là-bas !

— Que lui est-il arrivé ?

— Mais nan, ma p'tite dame, vous pouvez pas poser toutes ces questions sans jamais partager.

— Je n'ai rien, je ne vous donnerai rien, dîtes-moi plutôt où il a été hospitalisé.

— Et voilà, vous recommencez ! Y'a pas à dire, vous, les bourges, vous méprisez vraiment le p'tit peuple !

C'en était trop. Face à ce dialogue de sourds, Sophie choisit de rebrousser chemin. Sans un mot de plus, elle abandonna ce drôle de lascar. Il tenta bien de la rattraper mais elle passa la grille. Sophie l'entendit proférer des insultes dans son dos. Qu'avait-elle espéré tirer de cette épave alcoolisée ?

***

Sophie raconta à Paul ce qui s'était passé au jardin public. Comme prévu, il lui fit remarquer son imprudence. Quand elle eut terminé son récit, Paul était mort de rire. Pourtant, l'histoire que lui avait racontée Sophie était pour le moins curieuse ; ce type, Christ, prétendait avoir été présent le soir de la disparition de Lucky. Paul se souvenait vaguement avoir cru apercevoir une ombre détaler, juste avant que Kénichi n'apparaisse au coin de la rue. Il prétendait raconter ce qu'il avait vu, mais qu'avait-il vu ?

Dès le lendemain, pendant sa pause-déjeuner, Paul se rendit au jardin public. Auparavant, de son bureau, il appela sur le fixe de sa belle-sœur afin de s'assurer que Sophie y était bien, comme prévu.

— Allô ! Bénédicte ? c'est Paul ; tu peux me passer Sophie ?

— Ah ! c'est toi ! ; bonjour ! mais pourquoi m'appelles-tu sur mon fixe ? jamais personne ne m'appelle sur ce truc, sauf maman et les centres d'appels pour me vendre des panneaux photovoltaïques !

— Oui, bonjour, tu me la passes ? Je suis assez pressé. On se voit un de ces jours !

Bénédicte s'exécuta, le temps pour Sophie de se déplacer et pour Paul de réfléchir à la manière d'amener la chose.

— Paul ? Mais pourquoi ne m'appelles-tu pas sur mon portable ?

— Le mien est à plat, j'ai oublié de le charger et je ne connais pas ton numéro de portable par cœur!

— Et donc tu t'es souvenu du numéro de fixe de ma chère sœur ? Qu'est-ce qui t'amène à cette heure ? tu ne m'appelles jamais à mi-journée, que se passe-t-il ?

— Oh, rien de spécial ; je pensais seulement, tu sais, pour l'histoire dont tu m'as parlé hier soir, tu as dit que le type savait où habitait Paulette.

— Oui, et ?

— Lui as-tu dit que nous étions ses voisins les plus proches ?

— Je ne me souviens pas lui avoir dit quoi que ce soit nous concernant. Mais dis-donc, toi, Paul Marielle, ne serais-tu pas en train de me fliquer ?

— Te fliquer ? Ben pourquoi ferais-je cela ? Je suis surtout inquiet de te savoir seule à la maison quand des types comme ça rodent autour de chez nous ! Je préfère te savoir chez ta sœur…

— Oui, c'est ça, raconte-moi des histoires ! Allez, à ce soir Inspecteur Columbo, j'ai ma sœur qui m'attend ! Je n'ai rien à faire avec la flicaille !

Elle lui avait raccroché au nez.

Sophie était donc chez sa sœur, il pouvait se rendre au parc sans risquer de croiser son chemin.

Lorsqu'il vit le type sur le banc, il reconnut la description faite par son épouse la veille. Il se dirigea vers une baraque à frites et acheta deux portions. Puis il vint s'asseoir près du clodo.

— Salut ! elles sentent bon tes frites !

— Oui, en effet, mais je les ai achetées pour mon copain Christian, tu ne l'as pas vu par hasard ?

— Christian ! Tu peux me les filer ses frites parce qu'y viendra pas !

— Ah, pourquoi donc ? On avait rendez-vous ici même aujourd'hui. Il ne devrait pas tarder !

Pas de doute possible, il s'agissait bien du même gars dont avait parlé Sophie. Une tête à claques doublée d'un traîne-savates, une plaie pour la société.

— Eh bien, il lui est arrivé un p'tit pépin à ton copain. Mais comment que c'est que tu t'appelles toi déjà ? Tu ne serais pas de la police ?

— Depuis quand les flics achètent-ils des frites aux SDF ?

— Ah ! c'est pas faux ! Ces salauds, je peux pas les voir en peinture ! De toute façon, je les sens à vingt mètres à la ronde, toi, t'as pas la tête d'un poulet ! Bon, tu me les passes tes frites, elles vont refroidir !

Paul lui donna la barquette ; sans dire merci, le clodo en avala une pleine poigne :

— Ça donne soif !

— Et pour Christian ?

— Ah oui, Christian. Il a pas eu de chance, il s'est pris la tête avec une bande de junkies, trois sales types et une fille avec des dreads, des nouveaux. Ils l'ont tabassé pour lui tirer quelques euros. Mais il avait plus rien depuis plusieurs jours déjà ; je le sais, je lui avais demandé deux euros la veille, il était à sec. Ces gars-là, ils ne sont pas bien malins, taper un SDF en fin de mois, c'est totalement con ! L'histoire s'est terminée avec un coquard, une belle entaille sur l'arcade sourcilière, rien de bien grave en soi. L'un des junkies lui a aussi filé un méchant coup de pied dans les côtes alors qu'il était par terre. Alors dès que ces cons se sont taillés, j'ai appelé le Samu. Un petit séjour à l'hosto aux frais du contribuable, ça peut pas lui faire de mal ! Avec une bonne douche et des repas bien chauds, qu'est-ce que je donnerais pas pour être à sa place !

Paul passa une bouteille d'eau au clodo :

— T'as pas autre chose de plus piquant ?

— Non mec, je n'ai que de l'eau !

Ce type était répugnant, Paul tenta un dernier atout :

— Tu me donnes le nom de l'hôpital, je te paie une bière !

— Parce que tu penses que j'ai suivi l'ambulance pour savoir où elle allait ?

— Donc, tu ne sais pas ? D'accord. Allez, salut!

Paul s'en alla sous une pluie d'insultes.

***

Avec la complicité d'un médecin peu scrupuleux, Denis Prébois avait obtenu un arrêt de travail de quinze jours. Ajoutés à ses congés, il ne lui resterait plus que huit jours à tirer avant son départ. Comment savoir quelle entourloupe il pourrait bien inventer afin de s'y soustraire ? Après l'échange houleux qu'ils avaient eu deux semaines plus tôt, Paul ne pensait pas que ce minable reviendrait à la charge ; sans doute mal conseillé, il revint cependant demander une rupture conventionnelle. Il n'eut pas le cran de frapper à la porte bleue ; mal lui en prit de s'adresser à Paul. Dans ce type de procédure, la forme doit être respectée et Paul Prébois avait fait l'énorme erreur de donner sa démission avant d'avoir négocié son départ. S'il avait été moins idiot, au lieu de s'emporter et d'insulter le DRH, ils auraient pu en discuter ; Paul lui aurait conseillé la meilleure procédure pour assurer ses arrières.

La lettre de démission étant actée, l'arrangement n'était plus possible. Paul n'avait plus du tout envie de l'aider ? Qu'il aille au diable !

***

Paul fut chargé du recrutement du nouveau directeur commercial. En attendant, le PDG prit en charge le rôle de feu Bernard Rochette. Si deux gars de la maison postulèrent, la décision fut cependant prise d'embaucher une pointure venue de l'extérieur. La responsabilité qui pèserait sur les épaules du nouveau cadre méritait une attention particulière. Paul se chargea de faire part aux deux postulants qu'ils n'étaient pas taillés pour le poste. L'un comprit aussitôt, l'autre tomba malade et disparut quelques jours. A son retour, comme Paul s'y attendait, le commercial demanda une rupture conventionnelle, c'est tellement pratique !

Denis Prébois annonça par courriel que son conseil lui suggérait de porter plainte pour harcèlement auprès des Prud'hommes. La méthode n'était guère originale et n'eut aucun effet sur la direction. Le service juridique avait bien ri face à la menace, Paul, lui, s'était contenté de sourire.

***

Ce vendredi midi, presque deux mois après le décès de Bernard, Béatrice et Paul se retrouvèrent en tête à tête dans un restaurant, à l'autre bout de la ville. Paul avait hésité sur le fait de parler de ce déjeuner à son épouse. Une fois n'étant pas coutume, il décida, non pas de mentir, mais de ne rien lui dire. Après tout, il ne faisait rien de mal. En début de repas, Béatrice s'excusa pour sa conduite des dernières semaines, Paul la rassura. Les deux cadres évoquèrent longuement le cas de Bernard Rochette. La comptable semblait en avoir lourd sur le cœur ; elle regrettait son choix d'être allée voir Roger Pichon directement lorsqu'elle avait découvert l'embrouille. On aurait peut-être pu empêcher ce drame ... Paul partageait bien ce point de vue et, encore une fois, il se contenta de rassurer sa collègue. Il ne fut pas question de cette lamentable soirée où elle avait frôlé l'esclandre, pas plus de la présence d'une enfant dans sa vie. Sur ce dernier point, Paul était dubitatif, n'était-ce pas là une invention de Denis Prébois ? En fin de repas, l'atmosphère étant détendue, Paul raconta l'incident du premier jour, où il surprit Denis avec Monique Manceau. Pendant près de dix minutes ils rirent à s'en tordre les boyaux ! Il lui fit promettre de n'en parler à personne. Promis, juré, craché !

Lorsqu'ils s'acquittèrent de la note du restaurant, à leur grand étonnement, ils virent apparaitre devant eux madame Manceau accompagnée d'un jeune inconnu.

***

Qu'elle ait été vue avec le beau DRH n'était pas pour déplaire à Béatrice ; peut-être aurait-il été préférable de ne pas l'avoir été par la directrice, encore que…

L'ennui, c'est que ce bêta de Paul Marielle ne mordait pas à l'hameçon. Concentré sur ses nombreux rendez-vous et sur ses réunions, il semblait aveugle aux efforts que faisait la belle comptable. Elle multiplia les effleurements à la limite du convenable et le décolleté avantageux n'y faisait rien. Toujours professionnel, l'homme restait droit dans ses bottes, riant niaisement aux provocations de la belle.

Certes, Paul avait une famille et sa femme était enceinte jusqu'au cou. Justement, il se pouvait que le bel étalon soit en manque de sexe et sur ce plan-là, elle savait y faire !

Béatrice ne se démonta pas, elle entama une série d'UV censés lui redonner le teint radieux de l'année passée. Tout son corps y passa : épilation, massage bien-être, manucure, pédicure et évidemment coiffeur. Les soldes furent l'occasion de compléter une garde-robe déjà bien garnie. Ayant mis tous les atouts de son côté, elle était prête pour le grand saut.

Après trois semaines d'acharnement et à son grand regret, aucune nouvelle rumeur ne vint lui égratigner les tympans !

Béatrice avait de bonnes raisons de séduire le DRH, il lui fallait en effet un complice ou plutôt un soutien dans la boîte. Paul avait toutes les compétences pour jouer un rôle prépondérant chez Délicious. Elle ne devait pas laisser passer l'occasion. Cette liaison, si toutefois elle parvenait à ses fins, pouvait lui rapporter gros.

En réalité, Paul hésitait. Il savait que toute cette frénésie était pour lui. Jour après jour, il l'avait vue se transformer telle une tigresse en chaleur. La féline lui faisait une cour insensée jusqu'à le faire douter de sa capacité à résister à de telles avances.

Pouvait-il courir le risque d'une aventure ? Que cherchait-elle véritablement ? Etait-ce un caprice ou était-elle sérieuse ? Etait-ce un gros flirt, une envie de batifoler ou un véritable béguin ? L'esprit de Paul commençait à vaciller, il n'en pouvait plus. Remettant au lendemain le jour où il la bousculerait, un matin, un soir, dans l'ascenseur, dans un hôtel, dans un sous-bois, elle aurait ce qu'elle voulait. Il la possèderait, il franchirait tous les interdits ; oui, demain, elle aimerait ça !

Et puis, il rentrait à la maison et retrouvait Sophie, tout rentrait dans l'ordre ; enfin, en apparence. Il veillait à vider ses poches de crainte que la comptable audacieuse y ait volontairement caché un indice à l'attention de l'épouse bernée ; il le savait, Béatrice était bien capable de cela et de pire encore. Il se disait fatigué, se couchait tôt, s'endormait assez vite et se réveillait la nuit, le membre raide car, oui, il fantasmait sur Béatrice. Il se levait alors et parcourait la maison pour se calmer, ouvrait le frigo profitant d'un semblant de fraîcheur. Il buvait un verre d'eau froide, faisait un sodoku « force 6 » qu'il ne parvenait jamais à terminer, incapable de concentration. Le matin était pénible et dès que Béatrice réapparaissait, il bandait à nouveau pour elle.

Pierre, le remplaçant de Denis, fut le premier témoin de ce boléro endiablé ; il ne put s'empêcher d'en faire la remarque à Paul :

— Euh, monsieur Marielle, je crois que Béatrice vous drague.

— Oui, je sais, ça lui passera, répondit-il.

— Oui mais quand même, elle est canon !

— Pierre ?

— Oui ?

— Mêle-toi de tes oignons !

— Oui, monsieur Marielle !

***

Une mise au point non officielle donna l'opportunité à madame Manceau et à Paul de s'expliquer sur cette rencontre fortuite. Paul insista sur le fait qu'il s'agissait d'un simple repas entre collègues. Monique Manceau, de son côté, précisa qu'elle était accompagnée de son cousin. La responsable conclut cette mise au point avec un autre argument, sincère celui-là :

— Et puis, pensez ce que vous voulez, je m'en balance. Je n'ai pas de compte à vous rendre !

— Je ne peux légitimement pas en dire autant ; cependant croyez-moi, pour ma part, l'affaire est close et vous pouvez compter sur mon silence, ajouta le DRH.

— Je vous crois Paul, mais j'ai beaucoup de mal à croire que cette petite dinde en fasse autant. Tout le monde ici a remarqué son manège. Elle vous veut et j'ai bien peur qu'elle y parvienne. Elle s'y prend merveilleusement bien, m'a-t-on dit. En tous cas, peu d'hommes y résisteraient, entre nous, vous êtes bien bête !

— Je vous remercie pour vos conseils mais c'est mon affaire !

— Oui, c'est cela, faites-en votre affaire, et vite ! Qu'elle retourne à son travail !

Paul donna discrètement rendez-vous à Béatrice, il fixa le lieu et l'heure sur le parking du Netto dans le centre-ville, avant quatorze heures le lendemain.

6

Nadège et Roger Pichon s'étaient mariés trente ans plus tôt. Le jeune marié ne dérogea pas à la règle du contrat de mariage imposé par son père. Nadège n'y vit aucun inconvénient et s'inventa une vie correspondant à ce qu'on attendait d'elle, à savoir rester à la maison et s'occuper uniquement de ses affaires. Elle devint une artiste-peintre dont on pouvait retrouver les œuvres dans certaines galeries parisiennes. De cette union, naquirent trois enfants. Si le grand-père était autoritaire et lésineux, son fils était en tous points l'inverse, un mari et un père aimant et généreux.

Les années passèrent et, à présent, Roger et Nadège étaient grands-parents. L'aîné des fils, Patrick, habitait en Californie ; le second, Rémi, vivait à Londres quant à Catherine, la dernière, elle avait choisi l'Espagne. Comme leur mère, ils s'étaient tournés vers les métiers d'art, une librairie pour l'un, commissaire-priseur pour le cadet et danseuse de ballet pour la benjamine. Dire qu'ils faisaient fortune, certainement pas, mais la liberté a souvent un coût. Ils voyaient bien que leur père n'était pas très heureux. L'argent ne fait pas tout !

Nadège passait donc énormément de temps dans les aéroports, seule quand Roger ne l'accompagnait pas, autant dire souvent. Bien qu'étant de la vieille école, le couple maîtrisait le logiciel Skype ; ainsi, Nadège et Roger ne perdaient jamais de vue leur progéniture. Cependant, le contact virtuel ne remplaçant pas la proximité, Nadège et Roger revirent leurs priorités.

Lors de la dernière réunion d'associés, Roger avait fait part de son désarroi, confiant que le décès de Bernard avait donné un coup de frein très net à sa motivation. Il profita alors de ce rendez-vous confidentiel pour émettre le souhait de se retirer de la présidence de Délicious. Ses deux sœurs, qui partageaient honteusement les bénéfices sans apporter la moindre contribution, en furent abasourdies. Son père, lui, se mit en colère :

— Tu n'y penses pas ! Qui va prendre ta succession ?

— Je ne suis pas éternel, il faudra bien que la décision soit prise un jour !

— Je ne veux pas voir ce jour ; tant que je vivrai, le nom de Pichon marquera le nom de l'entreprise.

— Mais ce n'est déjà plus le nom de Pichon, voilà presque quinze ans que toutes les factures sont au nom de Juparétine et que la communication est au nom de Délicious. De toutes manières, je n'ai aucunement l'intention de m'éterniser. Si vous n'avez pas de solution à proposer, personnellement je n'en vois qu'une : vendre !

— Mais ne peut-on pas proposer la présidence à Monique Manceau, par exemple ? demanda Geneviève, la cadette.

— Moi vivant, jamais ! répondit Roger Pichon père, en tapant du poing sur la table.

— Papa a raison, cette femme est ingérable, je ne comprends même pas pourquoi elle est toujours dans l'entreprise, ajouta Madeleine, l'aînée ; elle m'est insupportable !

Sur ce point, Roger ne fit aucun commentaire.

— Papa, sois raisonnable, je n'en peux plus, je suis complètement dépassé. Les nouvelles méthodes de travail me font passer pour un « has been » !

— Un quoi ? demanda le père.

— Un « has been » répondit Geneviève, un dépassé, un vieux con, quoi !

— Bon ça va, n'insiste pas Geneviève, c'est assez pénible comme ça ! reprit Roger.

— Non, mais j'explique à Papa, excuse-moi, je ne disais pas ça pour toi !

A bout d'arguments, la mort dans l'âme, le père finit par s'incliner. Il fut entendu que l'entreprise serait évaluée puis mise en vente au mieux offrant. Roger fut désigné pour rechercher et mener les négociations avec d'éventuels repreneurs. Evidemment, une annonce officielle serait sujette à polémique et les syndicats ne manqueraient pas de monter la tête aux salariés. Un conflit social était la dernière chose à devoir supporter, cela donnerait matière aux repreneurs et surtout l'opportunité de négocier le prix à la baisse. Aussi, la plus grande discrétion fut demandée à chacun. Le père annonça :

— Il est d'une extrême importance d'éloigner la presse ; si toutefois cela venait à se savoir, notre nom serait terni à jamais et j'en mourrais ».

Au grand étonnement de ses sœurs, Roger lui répondit :

— Il faudra bien que tu meurs un jour, Papa! Mais, concernant les médias, ils finiront par apprendre la nouvelle. Espérons seulement qu'ils l'annoncent après les négociations.

— Ah, si ta mère était toujours de ce monde, elle t'aurait empêché mieux que moi de vendre l'entreprise...

— Ne mens pas, Papa, si Maman était vivante aujourd'hui, elle aurait applaudi des deux mains.

Sur ce point, les deux sœurs semblèrent d'accord avec leur frère.

***

Pendant son dernier séjour à l'hôpital, Paulette Blanchard avait eu une banale conversation avec sa voisine de chambrée. Cette dernière lui avait dit qu'elle préférait faire ses courses au magasin situé près de chez elle : les prix étaient bien moins élevés que partout ailleurs et les caissières toujours très souriantes. Plusieurs mois après cette conversation, elle s'apprêtait à faire ses emplettes au Super U, quand l'idée lui vint de se rendre dans cet autre magasin. Elle demanda donc au taxi qui avait l'habitude de l'emmener chaque vendredi en début d'après-midi, de bien vouloir, la conduire dans cet autre magasin, une fois n'est pas coutume. Elle ne se souvenait plus du nom de l'enseigne mais elle avait mémorisé qu'elle se situait non loin de l'église Notre-Dame. A leur arrivée sur le petit parking, la vieille dame se dirigea vers l'abri à caddies avant d'entrer dans le magasin. Quelle ne fut pas sa surprise d'apercevoir à quelques mètres d'elle, le mari de la charmante Sophie sortant de sa voiture. Paul Marielle scrutait le parking, comme s'il cherchait quelqu'un. Il avait l'air préoccupé et, par chance ou malchance, il ne reconnut pas Paulette : était allée la veille chez son coiffeur qui lui avait suggéré un changement de couleur, vert, cette fois-ci ! Elle avait donc assorti sa tenue à sa nouvelle couleur, la rendant à coup sûr méconnaissable ! Dès la semaine prochaine, elle irait lui dire deux mots à ce coiffeur ! Il fallait admettre que Paul ne pouvait absolument pas s'attendre à la voir si éloignée de chez elle... Mais elle était quand même libre d'aller où bon lui semblait pour faire ses courses, enfin voyons ! Paulette s'apprêtait à faire un signe de la main, afin de s'enquérir des raisons de la présence de son voisin sur ce parking, quand elle l'aperçut s'emparer de son téléphone portable. Il avait pianoté quelque chose et remis l'appareil dans sa poche avant de pénétrer dans une petite automobile garée à deux pas de la sienne ; elle eut le temps de voir qui était au volant de la voiture : une jeune femme aux cheveux roux. Son sang ne fit qu'un tour. Paulette se cacha derrière une camionnette et elle n'eut besoin que d'un court instant pour comprendre de quoi il retournait. Curieuse d'en apprendre davantage, elle aurait apprécié être plus près ! Elle réussit à voir la femme s'élancer pour embrasser le benêt. Elle fronça les sourcils et regretta de ne pas avoir encore changé ses lunettes, sa vue commençant à lui faire défaut. Un véhicule utilitaire qui passait lui cacha la vue un bref instant, elle grommela, certaine d'avoir loupé un morceau de la pièce. Elle jura que ces deux-là étaient en train de commettre une bêtise. Dans le petit habitacle, le couple semblait maintenant bavarder ; il ne se passait rien. Elle aurait voulu s'approcher encore plus près mais elle craignait d'être découverte en train d'espionner.

Soudain, un homme gigantesque arrivant dans son dos l'interpella et la fit sursauter. Mon Dieu, il lui fit tellement peur, qu'elle crut mourir ! Elle insulta le géant comme si sa propre vie avait été menacée. « Que lui voulait donc cet imbécile avec son bleu de travail ridicule, son saucisson et sa bouteille de blanc ? » C'était le chauffeur de la camionnette. « Elle ne pouvait quand même pas lui demander de laisser là son véhicule afin qu'elle puisse continuer à faire le guet ! C'était une chose bien fâcheuse ! » Elle libéra le géant, pensant qu'elle avait mieux à faire : « il pouvait s'estimer heureux qu'elle le laisse partir sans lui avoir infligé de sérieuses remontrances, l'heure n'étant pas aux querelles mais, bien au contraire, à la vigilance et la discrétion ».

Elle se précipita vers un autre véhicule, traversant la voirie sans regarder, une voiture klaxonna. Elle fit signe à cet autre imbécile de ne point faire autant de bruit. À la télé, l'activité d'espion semblait être plus simple ! Que s'était-il passé pendant ce bref instant d'inattention, la petite voiture de la rousse avait disparu et elle aperçut très clairement Paul rejoindre sa Peugeot.

Paulette n'avait plus la tête à faire ses courses. Elle venait d'être témoin d'une affaire très grave. Elle s'assit sur un banc et réfléchit à la suite à donner à l'évènement. Son feu mari l'avait trompée toute sa vie durant, elle ne l'avait appris que tard, lorsque, le jour de l'enterrement de son Lucien, une vieille « connaissance » de son homme arriva avec des gémissements, tentant de lui voler la vedette. « Qu'elle était ridicule avec son voile noir sur son visage de pouffiasse ! Mais pourquoi donc personne ne lui avait dit que son cher époux en voyait d'autres. Ah, ces hommes, tous les mêmes ! Enfin, elle en tenait un qui paierait pour sa trahison ! » .

***

Roger Pichon profita de l'absence de Monique Manceau pour faire venir Paul dans son bureau. Il le pria de s'asseoir en face de lui.

— Paul, j'ai longuement hésité avant de vous demander de venir et ce dont je veux vous entretenir est d'une extrême confidentialité

Paul pensa que tout ce qui se disait dans ce bureau était top secret et il regretta que son boss le lui rappelât.

— J'ai un service à vous demander.

Puis il marqua un temps comme s'il cherchait par où commencer. Paul enregistra l'information sans réellement comprendre :

— Voilà, le conseil des associés, euh, je veux dire, enfin, ma famille et moi avons décidé de vendre l'entreprise. Nous n'avons pas fixé de date mais nous souhaitons que…, enfin, nous avons estimé que moins cela s'ébruiterait, mieux ça vaudrait pour notre nom.

Après avoir fait cette déclaration, monsieur Pichon semblait à la fois exténué et soulagé. Paul, hébété suite à ce qu'il venait d'entendre, ne savait pas trop comment réagir. En effet, la nouvelle était de taille. Il finit par demander :

— Euh, d'accord. Qu'en pense Madame Manceau ?

— Elle n'est pas au courant et ne le sera pas ! Enfin, pas avant que je ne le décide !

— Ah ! et que puis-je faire pour vous aider ?

— Voilà, je pensais y arriver moi-même, vous savez que ma famille ne s'occupe pas des affaires, mais je ne sais pas par quel bout prendre tout cela. J'ai besoin d'aide et peut-être de conseils.

— Je vous remercie pour cette confiance mais pensez-vous que je sois qualifié pour ce genre de mission ?

— je ne sais pas mais je ne veux pas que ce soit Monique !

— N'existe-t-il pas des cabinets spécialisés dans la vente d'entreprise ?

— Oui, bien sûr, mais il faut choisir le bon et je préfère être accompagné, avoua-t-il.

— Je comprends ! Mais qu'en pensera Monique lorsqu'elle apprendra que je suis dans la confidence…Paul regretta aussitôt d'avoir appelé la responsable par son prénom.

— Elle pensera davantage à sauver ses fesses qu'à vous chercher des noises. De toutes les manières, elle aussi est « has been ». Vous l'avez vue l'autre jour, avec cette pauvre Carole Souvestre. Elle l'aurait achevée si on lui en avait laissé l'opportunité.

— En effet, mais je doute fort qu'elle s'en tienne à cela. Et si sa réaction est celle à laquelle je pense, je vais devoir me préparer au pire. Enfin, maintenant que je suis au courant, ce jour-là viendra inévitablement.

— Dois-je comprendre que vous êtes d'accord pour m'aider ?

— Oui, j'en ai peur !

— Bien ! par quoi commençons-nous ? lança Roger Pichon qui semblait avoir repris du poil de la bête.

— Je me charge de sélectionner plusieurs cabinets.

— Ce n'est pas la peine, j'ai déjà une liste ; tenez ! conseillez-moi plutôt sur le bon choix. Nous pourrons prendre un rendez-vous dans un hôtel d'une ville voisine. Ces gens sont certainement habitués à ces procédures de confidentialité. Je vous charge de prendre les rendez-vous. Le vendredi après-midi de préférence. Il vous faudra trouver une excuse pour vos absences.

— Bon, j'y réfléchis.

***

Gérard Magimel, le nouveau responsable commercial arriva avant l'été. Il avait fait ses armes chez un concurrent et avait une très bonne connaissance du marché et du fonctionnement de ce type d'entreprise. Il avait des idées, était extrêmement motivé et, pour parfaire le tableau, il était sympathique. Au grand étonnement de Paul, Monique Manceau avait cautionné ce choix, sans rechigner, après cinq entretiens qui le désignèrent alors comme l'homme providentiel.

Comme un ours se lance sur un pot de miel, Béatrice avait entrepris de le séduire à son tour, elle n'obtint que ce qu'elle méritait. Gérard avait vu venir la donzelle, aussi s'était-il montré très efficace à déjouer ses flagorneries :

— Qu'est-ce que tu fais là ? Tu me dragues !
— Euh, non, je...
— Eh bien, si tu n'as rien de sérieux à me demander, retourne bosser !
Ces deux-là n'étaient pas nés pour être amis, encore moins amants ! « Ravi d'entendre cela ! » pensa Paul.

Gérard avait le nez fin. Avec Pierre, le nouvel analyste et Pascal Rimbeau, le supply-chain manager, ils mirent à jour des variations anormales d'activité que rien ne justifiait réellement. Mois par mois et année après année, ils remontèrent jusqu'en 2008 juste avant la grande crise. Ils obtinrent la conviction que depuis cinq années environ, les dés étaient pipés. Lors de la réunion du mercredi, ils présentèrent leurs constatations. Sur l'écran de la grande salle, le rétroprojecteur annonçait la couleur. Des tableaux, des graphiques, des synthèses mettaient en évidence quelques bizarreries. Bien sûr, il y avait eu les irrégularités provoquées par Bernard Rochette, mais le compte n'y était pas ; l'affaire du commercial déchu n'était rien ; n'était-elle pas l'arbre qui cachait la forêt ?

Une incohérence était plus flagrante que les autres ; on constatait une nette baisse de marge due à une augmentation des achats de matières premières dans la période 2012-2015. Le responsable du service achats, Gérard Louvel, piqué au vif, se défendit d'une implication dans ce désordre. Il était formel, les quantités commandées correspondaient au besoin de la production qui, elle, correspondait aux commandes clients ; pour lui, de son côté, tout collait. Mais comment était-ce possible que cela ait pu échapper à Denis Prébois ?

***

C'est au grand cabinet parisien *Carepar* que fut confiée la tâche de trouver les acheteurs potentiels. Une réunion d'actionnaires déciderait du repreneur si toutefois on se bousculait au portillon. Monsieur Pichon et Paul Marielle rassemblèrent tous les éléments indispensables demandés par la société de conseil. Le PDG était déjà en possession des précédents bilans, il leur fallait à présent trouver, certains documents comptables, le détail des investissements, le dernier bilan social, les orientations d'entreprise actées ; en fait, rien de bien compliqué sauf d'attirer les regards indésirables et en l'occurrence celui de la directrice.

Deux mois après leur première rencontre, le cabinet *Carepar* fut en mesure de leur présenter deux acheteurs potentiels. Le premier était un grand groupe de distribution alimentaire qui désirait prendre uniquement cinquante pour cent des actions en 2016 puis acquérir les parts restantes en 2020. Leur proposition avait l'avantage d'un changement en douceur, l'assurance d'une continuité et la préservation de tous les emplois actuels. Le prix proposé était légèrement inférieur aux évaluations établies auparavant par Carepar. Cette proposition obligeait cependant Roger Pichon à rester trois années supplémentaires.

La seconde proposition provenait d'un concurrent français. Le prix était bon. La transmission pouvait se concrétiser intégralement dès la fin 2016 sans toutefois aucune garantie quant à la continuité de l'entreprise et au maintien des emplois. Les deux challengers demandaient un audit avant signature.

Roger Pichon rassembla sa famille et fit part de son dilemme. Le premier cas avait l'avantage d'être rassurant. Les syndicats trouveraient toujours à redire mais la présence du PDG pour les calmer faciliterait la transition. Evidemment, les trois années seraient très éprouvantes pour lui. La deuxième proposition avait l'avantage de la simplicité : l'argent, la liberté et l'insouciance !

Un délai de réflexion d'une semaine permettrait à la famille d'apporter une réponse réfléchie. Roger Pichon ne doutait pas de l'issue : le père opterait pour la continuité, les deux sœurs pour l'argent facile. Roger Pichon serait donc celui qui ferait pencher la balance ; s'il décidait de rester, les filles s'en accommoderaient ; s'il décidait de se joindre à leur avis, le père se retrouverait seul et subirait seul l'humiliation de la vente.

Il restait un point crucial : l'audit. Il fallut inventer un prétexte pour justifier cette expertise sans attirer l'attention de Monique Manceau.

***

Si Roger Pichon avait été autrefois un chef d'entreprise visionnaire et courageux, c'en était fini à présent. Ces dernières années, il s'était contenté d'une faible progression du chiffre d'affaires. Peut-être que Bernard Rochette avait raison, l'entêtement du PDG pour obtenir ce référencement Leclerc, n'était-il pas une perte de temps ? Lors d'une discussion avec Pascal Rimbeau, Paul eut la confirmation que Denis Prébois était un incapable, qu'il avait maintes fois conduit l'entreprise dans des impasses. Dieu sait comment le PDG avait pu partager les erreurs d'analyse de ce minable. « La nouvelle ligne 5 en était l'exemple même. Tous ces investissements étaient malavisés et inutiles » déclara le responsable supply-chain. Hormis quelques recettes supplémentaires au catalogue de l'année suivante, il n'existait aucune prospective réelle. Le directeur de la production reprochait au patron de ne pas être à l'écoute. Dominique Frein et Lucien Bournel n'étaient pas en reste, ils en voulaient à leur PDG de ne s'intéresser qu'au service *recherche et développement*.

Paul n'était dans l'entreprise que depuis huit mois et, déjà, il avait la nette impression d'être devenu le bureau des pleurs et des doléances.

« Roger Pichon était-il conscient de toutes ces faiblesses ? » Telle était la question que tous se posaient.

« Evidemment que oui ! » aurait-il voulu répondre. Plusieurs fois déjà, Roger Pichon avait confié ses doutes comme il l'aurait fait à un ami. Le PDG savait ! Il savait aussi que Monique Manceau ne résisterait pas au cataclysme qu'endurerait l'entreprise face à un nouveau repreneur.

En définitive, comment se permettre d'adresser quelques reproches aux uns ou aux autres alors que le PDG avait lui-même baissé les bras ? Le désordre, s'il y en eut, était de sa responsabilité, pensa Paul.

Néanmoins, l'heure n'était pas à ces questions, une autre taraudait Roger Pichon plus que tout. Il avait beau retourner l'équation dans tous les sens, il ne parvenait pas à faire son choix entre deux solutions de reprise. Paul se garda bien de donner son avis.

***

Lorsque Paulette Blanchard rentra en taxi, ce vendredi après-midi, elle se précipita chez sa voisine afin de lui apprendre la nouvelle. Sans prendre de gants, elle affirma avoir vu Paul avec une autre femme :

— Où ça ? demanda Sophie.

— Mais, au magasin ! Enfin non, sur le parking du magasin, comment s'appelle-t-il celui-là déjà ? Près de l'église Notre-Dame.

— Le Netto ?

— Oui, c'est ça ! Quelle idée d'appeler un magasin comme ça !

— Mais c'est impossible, on ne va jamais faire nos courses là-bas !

— Je vous dis que je les ai parfaitement reconnus, lui et sa voiture ! Par contre, la rousse, je ne l'avais jamais vue ! J'ai pensé que vous deviez savoir avec qui fricote votre mari ; le mien aussi était volage!

— Mais vous faites certainement erreur !

— Impossible ! Et je ne suis pas sénile ! s'insurgea la vieille pie. Je pense que toutes les femmes doivent connaître la vérité sur leur mariage.

Paulette n'avait pas lésiné sur les détails, elle s'en était fait un devoir. Peut-être avait-elle trop insisté sur ce baiser, pensa-t-elle ; qu'importe, elle l'avait bien vu, ce cavaleur, dans cette petite voiture ridicule avec cette mijaurée.

Pour Sophie, nul doute possible, il s'agissait évidemment de la comptable de chez Délicious. Ainsi depuis tout ce temps, Paul brouillait les pistes en racontant les extravagances de sa responsable. Mais n'était-ce pas des bobards destinés à détourner son attention. Elle se souvint que madame Manceau lors de leur unique rencontre lui avait fait bonne impression ; en revanche, cette Béatrice était restée distante, préférant se joindre à un autre groupe. Ce soir-là, son attitude fut inconvenante, voire désastreuse ; malgré cela, Paul avait fait preuve d'indulgence à son égard. L'avait-elle déjà séduit à l'époque ? Sophie en était certaine, seule cette peste avait pu corrompre son époux. Jamais Paul ne se serait lancé dans une aventure de sa propre initiative. Sophie se souvenait de leur première rencontre seize ans plus tôt. C'est elle qui avait aligné les planètes pour créer l'évènement. Le grand dadais en serait encore à collectionner les Paninis si elle ne l'avait pas retiré à ses parents. Sans doute exagérait-elle un peu, mais ce salaud ne méritait que son mépris.

Sophie devait trouver le nom de famille de cette Béatrice. Elle savait où chercher dans sa mémoire. Lors de cette soirée d'inauguration, quand Paul lui avait présenté cette dinde, elle avait souri à l'énoncé du nom de cette catin : le nom d'une star ? Le nom d'un écrivain ? Un film, oui, elles avaient ri ensemble quand Paul avait prononcé ce nom, Béatrice... son cerveau était en ébullition, « Bre-to-deau, Dominique Bretodeau, l'épicier dans le film » Tout français ayant vu « Amélie Poulin » de Jean-Pierre Jeunet ce souvenait de ce nom de famille « Bre-to-deau ».

Facebook, « Retrouvez des amis », « Béatrice Bretodeau», « envoyé »... Une seule page, une photo, oui, c'est elle. Intro : A travaillé à Expertia. A étudié à Ecole supérieure de gestion, option comptable (ESG) de Rennes ; Habite à Chartres ; de Redon.

Vingt-deux amis, tous inconnus. Dernier post : janvier 2015 « Je suis Charlie » Rien de plus.

Visiblement, elle n'était pas une adepte assidue du réseau social, ou bien préférait-elle rester prudente.

Sophie tapa « Copains d'avant », « Béatrice Bretodeau ». Là encore, peu d'informations. Son nom apparaissait bien au collège Saint-Joseph de Redon, en Ille-et-Vilaine, mais il n'y avait aucune photo d'elle seule, seulement une photo de classe de 3è. Sophie cliqua sur l'image, juste par curiosité. Les visages étaient jeunes et elle hésita entre deux filles.

Agacée, Sophie tapa le nom de Denis Prébois. Elle essaya plusieurs orthographes, elle ne trouva qu'un profil. La ville correspondait, bingo ! Elle cherchait parmi les quarante-huit amis de Denis quand elle reconnut une photo de Béatrice Bretodeau. Sous le pseudonyme de Béa BTD, cette garce avait un deuxième compte Facebook. Sophie ne se fit pas prier, elle cliqua sur le profil de Béatrice. Son mur n'était pas très élogieux, il y faisait mention de son anatomie, de sa finesse, de sa plastique, rien de bien culturel aux yeux de Sophie. Par chance, Paul ne faisait pas partie de la liste d'amis principalement constituée d'hommes. Cette femme était une nymphomane. A lire quelques commentaires, la rousse ne s'économisait pas. Il y avait là de quoi faire tourner la tête à plus d'un mâle, ce Denis Prébois y avait très certainement succombé. Ces hommes étaient bien tous les mêmes et son mari n'y échappait pas. Sophie était verte !

Sophie s'apprêtait à éteindre l'ordinateur familial quand lui vint l'idée de fouiner dans l'historique des recherches. Elle y retrouva les siennes et celles des filles. Elle revint huit jours en arrière et tomba sur une recherche qui l'intrigua, une consultation sur le site de Jardiland pour l'achat d'un arbuste d'ornement, un chamaerops, un genre de palmier nain à trente-neuf euros. La ligne de recherche précédente était intitulée « Comment faire disparaître un cadavre ? »

***

Le comité de direction élargi fut convoqué le lundi matin et commença à dix heures. Tous les participants sauf Paul en ignoraient la cause.

Le PDG fut parfait. Paul imaginait le jeune chef d'entreprise à ses débuts, direct, dynamique et convaincant. Son pouvoir de persuasion était intact. Les mots, les arguments, les certitudes amenèrent tous les cadres présents à suivre le raisonnement de leur chef. Roger Pichon déclara qu'il était temps d'envisager l'avenir et chacun d'entre eux était invité à participer à ces changements. Cette reprise en main de l'entreprise devait aboutir sur un projet durable et fédérateur ; en cela, il serait aidé, dans un premier temps, par une société d'audit. Viendrait ensuite le moment où chacun serait invité à partager ses idées.

A la surprise de tous, le PDG demanda à Paul Marielle de trouver un cabinet d'audit. Paul confirma qu'il acceptait la mission. Monique Manceau était verte mais ne pipa mot.

A l'issue de cette réunion, le PDG s'enferma dans son bureau prétextant plusieurs coups de fil urgents. La responsable administrative fulminait. Comment avait-elle pu être évincée d'une telle décision ? Pourquoi son patron agissait-il ainsi ? La charge de trouver ce cabinet d'audit ne lui revenait-elle pas ? Pourquoi l'avait-il confiée à Paul Marielle ? Pourquoi n'avait-elle rien pressenti ? N'était-elle pas en train de se faire surpasser par ce branleur de Marielle ?

Toutes ces questions, elle les rumina seule deux jours durant, quand enfin Roger Pichon l'appela sur sa ligne personnelle afin qu'elle le rejoigne dans son bureau.

Vingt-cinq minutes suffirent entre le moment où elle franchit la porte rouge et l'instant où elle en ressortit. Son patron ne fut pas étonné de voir sa collaboratrice prendre ses grands airs. Elle fit un bref résumé de ses diverses rancœurs, y glissa quelques insultes, tapa du poing sur la table avant de s'emporter ; un crayon en fit les frais, il traversa la pièce et rebondit sur un mur ; enfin, comme une petite fille, elle éclata en sanglots.

Quand elle eut terminé son cinéma, Roger Pichon la pria de s'asseoir et de se calmer. Il lui dit trois choses :

— Monique, ta journée se termine là. Tu vas rentrer chez toi et demain nous reprendrons cette discussion. J'attends de toi que tu te conduises en véritable responsable et non en mégère incontrôlable.

— ...

— Ensuite, je souhaite que tu ne te mêles pas de cet audit, tu laisseras les gens du cabinet agir comme ils l'entendent. Tu leur ouvriras les portes et tu ne leurs poseras aucune question. Ton rôle, je te le rappelle, est de gérer le quotidien dans cette entreprise. Je ne t'ai jamais reproché tes méthodes, elles me convenaient je l'avoue, mais les temps ont changé. Tu dois te reprendre si tu veux poursuivre l'aventure, parce que, sois-en certaine, elle continuera avec ou sans toi.

— ...

— La troisième et dernière chose, plus jamais tu n'entreras dans ce bureau pour me hurler dessus comme tu viens de le faire. S'il t'arrivait, lors d'une autre occasion, d'en avoir l'idée sache que tu passerais cette porte pour la dernière fois, c'est compris ?

La grande femme réfléchit longuement puis, entre deux sanglots, finit par dire :

— D'accord !

— Et puis, s'il te plait, fais-moi repeindre ces deux portes en blanc comme toutes les autres, je ne les supporte plus !

***

Comme chaque jour, c'était la cohue pour trouver une place sur le parking de Délicious. Evidemment, cinq places étaient réservées, par ordre de préférence, à monsieur Pichon, à madame Manceau et aux quelques invités occasionnels. Aucun salarié n'osait s'y garer. Les équipes matinales envahissaient donc les places suffisamment proches de l'entrée tandis que le personnel de bureau, commençant un peu plus tard, était bon pour une longue marche à pied. Si certains voyaient cet exercice comme bénéfique, Paul n'en était pas un adepte. Ce mardi, tout en remontant la longue file de voitures en stationnement, il vit une camionnette de gendarmerie sur la place n°3. Son intuition lui dit qu'un évènement s'était sans doute produit et qu'il en serait averti sous peu.

Quelques instants plus tôt, deux agents avaient demandé à s'entretenir avec quelqu'un de la direction. La standardiste s'excusa et affirma que monsieur Pichon était absent pour la journée et que la directrice, madame Manceau, n'était pas encore arrivée. Mais elle mentionna qu'elle venait d'apercevoir à travers la vitre, le véhicule du DRH. Paul pressa le pas et c'est donc essoufflé qu'il se présenta aux deux agents. L'adjudant Méral et la caporale-cheffe Martin présentèrent leur matricule et demandèrent à pouvoir lui parler dans un endroit discret. Si la jeune femme lui fit bonne impression, l'adjudant quant à lui, n'était pas là pour rire. Paul s'enquit rapidement de la raison de leur venue.

Un bref instant, lui vint l'image de « Lucky » en train d'aboyer au bout de sa laisse. Non, ce n'était pas possible, cette vieille chouette n'aurait quand même pas osé appeler la gendarmerie pour enquêter sur une banale disparition de chien, un bâtard de surcroît !

Les deux gendarmes espéraient avoir des nouvelles d'un certain Gérard Champereau. Paul ignorait tout de cet individu. L'adjudant insista, affirmant que cette personne travaillait bien chez Délicious. Paul s'excusa de ne pas connaître tout le personnel par le nom de famille. Evidemment, il pouvait, si on lui en laissait le temps, vérifier son fichier. Il invita les deux gendarmes à le suivre dans son bureau. Il tapa sur son clavier le nom de Champereau.

— Oui, il semble bien que cet employé travaille ici. Excusez-moi, je suis à ce poste depuis moins d'un an...

Il ouvrit rapidement le dossier du bonhomme et d'un coup d'œil, constata que cet employé avait été embauché trois ans auparavant. Il donnait entière satisfaction et n'avait jamais subit la moindre remontrance.

— Pardonnez-moi monsieur Marielle, pourriez-vous me copier son curriculum vitae si ça ne vous dérange pas ?

— Eh ! je ne sais pas si j'en ai réellement le droit, mais je suppose que cela ne porte pas à conséquence.

Paul ouvrit l'armoire derrière lui et fut satisfait de mettre la main sur le dossier Champereau en un temps record. Il en sortit le document et le confia à la caporale-cheffe qui le lui avait demandé.

— Oui, c'est bien ce que je pensais, notre homme est resté flou sur toutes les années précédant son embauche. Il y fait mention de différents travaux, y compris ceux qu'il a réalisés pendant son incarcération.

— Ah bon !

Paul, surpris, avait lancé cela puis s'était repris :

— Mais j'y pense, est-ce bien légal, votre démarche. Ai-je à savoir cela ? Cette homme, s'il est en liberté, c'est bien qu'il a purgé sa peine, n'est-ce pas ? Pourquoi donc venir m'en informer maintenant ?

— Est-ce vous qui l'avez embauché?

— Non, je vous l'ai dit, je n'étais pas dans l'entreprise à cette époque mais je suppose que celui ou celle qui l'a embauché avait de bonnes raisons de le faire. Je vois sur sa fiche qu'il a effectué douze contrats d'intérim et deux fois six mois de CDD avant de décrocher un CDI ; c'est plutôt un beau parcours pour un délinquant en voie de réhabilitation !

— Oui, vous avez sans doute raison ! Mais nous devons surveiller ce gars-là parce qu'il a déjà été reconnu coupable d'escroquerie en bande organisée en ayant soutiré plusieurs centaines de milliers d'euros dans l'entreprise où il travaillait alors. Je tairai le nom de cette établissement, ne cherchez pas sur le CV, cette société ne s'y trouve pas. Seul Gérard Champereau fut inquiété, ses complices s'étant évaporés dans la nature avec l'argent. À noter, tout ceci se passait dans le sud, du côté de Marseille, personne ne s'en étonnera, n'est-ce pas ! De plus, on m'a transmis le dossier le concernant : lors de son arrestation, Champereau s'est montré très violent et l'un de nos collègues de Marseille a été grièvement blessé.

Paul en tomba des nues. Evidemment, là c'était forcément un peu différent.

— Je n'en sais pas plus mais ce gars-là doit être surveillé, vous comprenez ! crut bon d'ajouter l'adjudant Méral.

— Puis-je vous demander à quelle époque ça s'est passé ? demanda Paul.

— Il y a douze ans, il a été condamné à six années de prison ferme et a été relâché pour bonne conduite au bout de quatre ans. Sa libération incluait une obligation d'informer l'administration de ses éventuels changements d'adresse, ce qu'il a fait correctement jusqu'au jour où il a disparu de nos écrans-radar. Mais vous me dites qu'il se tient à carreau chez vous. Donc, pour nous, il n'y a pas de problème !

— Oui, en effet, répondit Paul sans réellement en être certain. Il poursuivit :

— Mais, ne devez-vous pas l'interpeller ?

— Nous verrons plus tard ! Laissez-nous poursuivre nos investigations, s'il prépare un mauvais coup, nous l'apprendrons très vite. Rassurez-vous, il n'a tué personne, vous pouvez-donc dormir sur vos deux oreilles ! ajouta la caporale-cheffe.

Puis les deux agents se levèrent d'un bond, c'est l'adjudant qui reprit :

— Voyez avec votre direction mais nous souhaitons que vous restiez discret. Nous l'avons à l'œil, faites-en autant ! Evidemment si vous trouvez quelque chose, prévenez-nous !

— Oui, évidemment !

Paul raccompagna les deux agents au pied de l'ascenseur avant de les saluer une dernière fois. Lorsqu'ils eurent le dos tourné, Béatrice apparut pour le questionner :

— Qu'est- ce qu'ils voulaient ?

— Rien, rien ! Excuse-moi Béatrice, je suis débordé !

***

Dès son retour, Roger Pichon fut informé de la visite impromptue des gendarmes. Vu la gravité de la situation, il réunit un comité de direction restreint où il convia Madame Manceau et Dominique Frein, le directeur de production. Paul leur fit part de tous les détails qu'avaient évoqués les gendarmes au sujet de ce Gérard Champereau ainsi que l'ensemble des éléments qu'il avait pu glaner ici et là, avec la plus grande discrétion.

Madame Manceau réagit la première :

— Comment donc cette petite gourde de Julie Galland a-t-elle pu se laisser berner par ce voyou ? Il faut le virer, on ne peut pas accueillir ce type d'individu, c'est mauvais pour notre réputation !

— Oui, vous avez sans doute raison, Monique ; qu'en pensez-vous Paul ?

— Et bien ! monsieur Pichon, je pense que nous devons être extrêmement prudents. Certes, l'individu est entre nos murs, mais nous n'avons rien à lui reprocher si ce n'est d'avoir caché son parcours de criminel. Cependant, cet homme a payé sa dette à la société et il me semble rangé, voire inoffensif. Je me suis renseigné et Dominique vous le confirmera, c'est un gars digne de confiance, il fait de l'excellent travail, toujours prêt à rendre service, disponible quoi ! N'est-il pas en train de se racheter ? Ne peut-on pas lui donner sa chance ?

— Baliverne, s'il est tellement sage, c'est qu'il prépare un mauvais coup. Je vous donne moins d'un trimestre avant que sa bobine ne soit en couverture de Ouest-France.

— Oui, encore une fois, tu as sans doute raison Monique, mais Paul n'a pas forcément tort. J'aime l'idée de donner sa chance à ce gars ! Il était jeune quand tout cela est arrivé et c'était à Marseille. Je pense donc qu'il est urgent de ne rien faire. Enfin, cela n'empêche pas de l'avoir à l'œil pendant quelque temps au moins.

— Parce que vous pensez que nous n'avons pas autre chose à faire que de surveiller un délinquant. Cet homme a déjà escroqué une entreprise, qui sait ce qu'il prépare ? Je le dis, cet homme n'a rien à faire chez nous ! Si vous n'en avez pas le courage, je m'en chargerai moi-même ! Le regard de Pichon s'arrêta sur Paul en quête d'une réponse :

— Et quelle raison évoquerez-vous pour justifier ce licenciement ? Je doute que les syndicats apprécient la méthode.

— Ne vous inquiétez pas pour ça ! Les syndicats, j'en fais mon affaire, je trouve d'ailleurs qu'on leur a porté beaucoup trop d'attention depuis quelque temps !

— Allons, allons Monique ! Tout ne va pas si mal que ça, n'exagérons rien ! Paul fait du bon travail, il faut le reconnaître. La méthode douce est parfois la meilleure.

Après un court silence :

— Bien, c'est décidé, on fait comme ça ! trancha le patron. Nous gardons un œil sur ce gars-là. En attendant, je veux que cette affaire reste entre nous, pas un mot à qui que ce soit.

Madame Manceau avait compris que cette dernière réflexion lui était adressée. Le comité de direction rassemblait rarement plus de quatre personnes ; il était le rendez-vous où on réglait des choses importantes, de celles qui ne devaient, en aucun cas, être ébruitées. A tout moment, le PDG ou la responsable pouvaient juger de la nécessité de le réunir. Il était stratégique et quiconque enfreignait ses règles trahissait la confiance de l'entreprise et du PDG.

7

Lorsque Paul rentra tard ce vendredi soir, il n'était pas dans son assiette, mais était-ce bien étonnant ? Sur le chemin du retour, il avait allumé la radio : en cette fin de juillet, des milliers de migrants arrivaient sur les côtes de l'Europe et les autorités peinaient à trouver des solutions. C'était là un thème que Paul ne pourrait pas aborder quand il arriverait auprès de son épouse. Elle devait bien avoir un avis tranché sur ce drame. Il s'étonna qu'elle n'ait pas eu l'idée d'en accueillir quelques-uns.

Sophie finissait de nettoyer la cuisine, une bonne odeur de gâteau traversait la maison ; l'époux se précipita vers sa femme qui essuyait l'évier de la cuisine, il l'encercla tendrement de ses bras avant de lui déposer un rapide baiser dans le cou. Il déclara aussitôt qu'il souhaitait prendre une douche, la journée avait été harassante, il n'en pouvait plus. Il venait de connaître l'une des semaines les plus chargées de l'année. Ces entretiens, ces réunions, ces mails...jamais il ne s'était imaginé une telle pression.

— Démissionne ! lui lança Sophie, froide comme un vent d'hiver.

— Mais non, je ne dis pas ça pour ça ! C'est un peu stressant mais c'est aussi très motivant. Je t'avoue, j'aime de plus en plus ce job, même si parfois certains individus me mènent la vie dure !

— Comme c'est étrange, je croyais à l'inverse que toutes ces personnes t'exaspéraient ! J'ai dû louper un épisode...

— Oh, disons qu'ils ont leurs défauts mais je finis par m'en accommoder !

— Tu m'en diras tant !

— Tu as écouté la radio ?

— Quoi !

— Il y a encore un bateau migrant qui a été intercepté sur les côtes italiennes.

— ...

Les filles arrivèrent à la rencontre de leur père, ravies de le retrouver de si bonne humeur. Il est vrai que Paul avait cette qualité de retourner la morosité d'un endroit triste en un lieu heureux et joyeux.

Il s'absenta pour se doucher puis revint bien vite se caler dans le canapé entre les deux fillettes. Elles regardaient Yann Barthès sur Canal+ et riaient de bon cœur. Sur le petit écran, notre cher président François Hollande, « Moi je », était la risée de tous. Après trois années d'exercice, il était empêtré dans une politique confuse. L'exercice du pouvoir semblait lui peser lourdement. Les français criaient à l'incompétence, les gens de gauche en tête. Le présentateur démontrait à grand renfort d'images les plus criantes contradictions et les mensonges de ce gouvernement. Paul fut étonné de l'intérêt de ses filles pour la politique, lui qui à leur âge, n'y comprenait rien à rien et préférait encore jouer aux Lego. Quand apparurent Liliane et Catherine dans un sketch qu'il trouva très drôle, il se mit à rire comme un bossu dans l'incompréhension générale.

Sophie se trouva idiote. Depuis combien de temps durait donc ce manège ? Mille fois elle avait vu son mari arriver en trombe et diffuser sa gaieté naturelle dans toute la maison. Qu'elle avait été bête. Et depuis quand s'intéressait-il aux migrants ?

Elle connaissait bien cette scène où l'époux annonçait dès son retour à la maison qu'il souhaitait prendre une douche après une journée harassante ! Scène maintes fois décrite dans certains romans comiques ou dans les plus mauvais vaudevilles.

Evidemment, dans le script normal, la femme ignore de l'existence d'une maîtresse et passe pour une idiote aux yeux de tous, mais dans le cas de Sophie, tout était bien différent, elle était au courant.

Cinq minutes furent nécessaires à Paul pour réapparaitre frais et dispo après une douche express. Il était sur le canapé avec les filles à faire ses singeries, innocent à sa façon. Pendant un court instant, elle aurait préféré qu'il se noie sous sa douche, peut-être là, l'aurait-elle pleuré !

Il évoqua tous ses projets du week-end, les filles étaient aux anges. Quand, au bout d'un quart d'heure, il s'aperçut que sa femme n'était pas de la partie, il s'enquit de son apparente tristesse. Elle lui signifia qu'elle avait mal à la tête ; sa journée s'était mal passée, elle refusait d'en dire davantage. Il tenta une approche et, chose inhabituelle, elle l'envoya balader : « Fiche-moi la paix !». Puis elle fit la tête. Ils dînèrent, les deux filles et leur père firent la conversation, Sophie resta muette. Sitôt le repas terminé, elle se retira laissant tout en plan sur la table et alla se coucher.

Paul proposa aux filles de regarder un film à la télé, Maïween opta aussitôt pour une énième diffusion de *La reine des neiges*, ce qui amena Anaïs à traiter sa sœur de bébé, déclarant que sa professeure de français avait recommandé « Ernest et

Célestine ». Paul saisit son nouveau smartphone et vérifia les critiques ; elles étaient élogieuses, il remarqua surtout que le dessin animé français était assez court. Il commanda le film sur *Canal+ à la demande*. Maïween et Anaïs n'en manquèrent pas une bouchée pendant que Paul s'endormit. Le film terminé, les filles embrassèrent leur père et s'en allèrent dormir. Paul rechercha dans ses notes où il en était dans la série « Games of Thrones », et, avec deux saisons de retard, attaqua le huitième épisode de la troisième saison.

Son esprit était ailleurs, il repensait à Béatrice, à son propre comportement, à l'attitude curieuse de Sophie comme si elle savait quelque chose. Il était pourtant certain de n'avoir fait aucune gaffe. L'épisode de sa série préférée lui sembla ennuyeux, Daenerys et Mélisandre, les seins nus, réveillèrent néanmoins en lui quelques instants d'attention. Enfin, le gros Sam apporta une scène d'action détonante, juste avant que le générique de fin n'apparaisse. Minuit venait de sonner, Paul se rendit compte que l'intrigue de l'épisode lui avait complètement échappé. Fatigué, il hésita à entrer dans le lit conjugal, sa conversation avec Béatrice le hantait. Tout s'était passé si vite.

Sophie semblait dormir, il écouta son souffle un instant. Il éteignit la lumière et garda les yeux ouverts comme pour y voir plus clair. Soudain il fut pris d'un doute : pourquoi donc avait-il invité cette femme sur ce parking, n'était-ce pas tout simplement idiot de sa part ? Pourquoi s'était-il laissé ensorceler par Béatrice alors qu'il savait fort bien quel était le véritable but de la belle femme aux cheveux roux ? Et Sophie, là-dedans ! N'était-elle pas digne de confiance au point de lui cacher dès le début ses doutes ?

Il conclut qu'une discussion s'imposait.

Au petit matin, ses yeux s'ouvrirent instantanément, il regarda l'heure, il était trop tôt pour se lever, comme chaque matin, il s'approcha d'elle et sa main se posa sur ce gros ventre, il sentit le bébé bouger. Dans quelques semaines, Sophie accoucherait.

A l'évidence, elle ne dormait plus, il resta cependant immobile, collé dans le dos de sa femme. En d'autres circonstances, son sexe aurait durci comme par magie, mais là, rien ne se passa. Ils restèrent longuement immobiles avant que Sophie prononce d'une voix très claire :

— Et si je te quittais ?

Paul resta silencieux. Il ne comprenait pas la question. Pourquoi donc le quitterait-elle ? Pourquoi donc posait-elle cette fichue question ? Il se sentit piégé, incapable de répondre. Il eut l'impression d'être démasqué, percé à jour. Il fallait réagir, dire quelque chose n'importe quoi, parler, retenir son souffle, garder son calme. Il devait retrouver ses esprits, penser rationnellement. Vite, vite, vite mais que dire ?

— On fait quoi aujourd'hui ?

— Tu n'as pas répondu à ma question…

— Si !

— Non ! Et pourquoi n'y réponds-tu pas ?

— Parce qu'elle est idiote, ta question. Que veux-tu que je réponde à cela ?

— Alors, toi, pourrais-tu vivre sans moi ?

— Mais tu sais bien que non !

Il se blottit contre elle et, enfin, la magie masculine opéra. Etait-il disposé à aller jusqu'au bout ? Il en doutait mais si ça pouvait tromper les apparences, il se forcerait. Sophie se retourna vers son mari et ne lui laissa pas le choix, elle commença à le caresser, lentement, très lentement. C'est

Maïween qui sauva la situation. Elle entra dans la chambre sans frapper et cria : « Levez-vous, il fait un magnifique soleil ! ».

Sophie s'amusait presque de la situation, pendant deux jours, elle l'avait harcelé profitant de chaque instant pour lui lancer des flèches empoisonnées. Ce salaud était allé grignoter dans une autre gamelle, il avait consommé goulûment son dessert et, cerise sur le gâteau, il espérait reprendre sa place et remettre le couvert. Alors oui, elle le ferait bander mais pas sans qu'il ait expié sa faute ! Elle le tiendrait à distance et lui ferait cracher le morceau. Néanmoins, si tous ses avertisseurs étaient en alerte, elle n'envisageait aucunement l'éclatement de son couple, à ce stade et à quelques semaines d'un heureux évènement, elle devait retenir sa rage et préserver sa famille.

Le dimanche soir, fatigué des insinuations de sa femme, il finit par hausser le ton. Jamais Sophie ne l'avait vu dans un tel état. Si son timbre de voix avait pris une sonorité étrange, son propos devint confus. Cédant à sa colère, il fit un geste brusque et heurta par mégarde un verre qui trainait sur la table, l'objet roula jusqu'à se briser sur le carrelage. Le fracas eut l'avantage de calmer le jeu. Elle eut presque pitié pour lui. Elle finit par lui foutre la paix.

**

Jamais Paul n'avait commencé une semaine de travail avec autant d'empressement. Dire que son week-end fut laborieux était en dessous de la vérité, Sophie ne l'avait pas lâché une seule minute. Etait-ce la trop célèbre « intuition féminine » ? Les multiples allusions à ce qui s'était passé ce vendredi devenaient déplaisantes et surtout embarrassantes, d'autant qu'il avait choisi de nier en bloc tout dérapage. Paul finit par se dire qu'un témoin dans l'entourage proche de Sophie, l'avait vu ou pire, l'avait espionné. Il chercha parmi leurs amis qui avait intérêt à le trahir. Il naviguait entre tous et restait sans réponse, excluant son propre frère et ses parents.

Bénédicte ! Il en était certain, son insupportable belle-sœur était au chômage et habitait un quartier voisin du Netto, là où Béatrice et lui s'étaient donné rendez-vous. Mais qu'avait-elle vu, il ne s'était rien passé de compromettant ! Enfin presque rien, juste un baiser. De plus, elle n'avait rien entendu de ce qui avait été dit à l'intérieur de la voiture.

Mais pourquoi diable étaient-ils allés aussi près de chez sa belle-sœur ? C'est lui-même qui avait proposé à Béatrice le lieu de rendez-vous ! Il aurait pu choisir un coin isolé, en campagne, loin des gens !

***

Tous les jours, Paul se montrait attentif à la grossesse de sa femme et lui passait la main sur le ventre. L'attente du bébé était partagée, elle en était persuadée. Se pouvait-il qu'il ait eu une relation avec une autre femme? Le saurait-elle un jour ? Comment pourrait-elle se remettre de cette trahison ? Fallait-il qu'elle aborde le sujet directement ? Elle ne savait plus, elle devrait en parler à quelqu'un, mais à qui ? Mais pourquoi donc Paulette était-elle venue lui raconter tout cela ? Peut-être s'était-elle trompée ?

***

Depuis plusieurs mois déjà, Lucky reposait sous un arbuste que Sophie avait planté à l'automne d'avant. Paul avait pensé qu'en dissimulant le cadavre à cet endroit, le secret resterait bien gardé. Il avait profité de l'absence de son épouse pour creuser un trou d'une cinquantaine de centimètres seulement, sa pelle se heurtant à de la roche. Paul avait espéré que la réunion associative de Sophie s'éterniserait, il eut été fâcheux, en effet, qu'elle le surprenne à cette heure tardive, dans le fond du jardin, avec une pelle à la main. Paul avait pensé que le végétal ne souffrirait pas d'un engrais naturel, mais, même mort, Lucky faisait des siennes. L'arbuste avait presqu'aussitôt commencé à perdre ses feuilles. Paul était passé chez Jardiland afin d'en acheter un autre. Une nouvelle fois, il profita d'une absence prolongée de Sophie et des deux filles pour entreprendre l'exhumation du cadavre et pour l'enterrer à nouveau dans un parterre voisin évitant cette fois-ci toute proximité avec un arbuste. Le clair-obscur et le silence du quartier l'inquiétaient. Enterrer ce chien pour la seconde fois avait quelque chose d'abracadabrantesque ! Il s'interrompit, surpris par un tintamarre venant de derrière la palissade. Un râle puis le silence. Un chat traversa son champ de vision et disparut aussitôt dans le noir. Paul s'empressa de reboucher la tombe de Lucky et d'aplanir la terre, il veilla à étendre les quelques copeaux d'écorces de pin qu'il avait au préalable dégagés, et lorsque qu'il eut terminé, Il s'affaira à planter le nouvel arbre. Enfin, il se dépêcha de prendre une douche, tant l'odeur pestilentielle de la charogne avait envahi ses vêtements, sa peau et surtout son esprit.

***

Paulette Blanchard s'en était pris violemment à Kénichi et sa femme Kino. Elle les accusait de tous les trafics du diable : drogue, armes et même celui de la vente de chiens. « Ils mangent des chiens ces gens-là !» avait-elle déclaré à un groupe de marcheurs qui passaient devant chez elle. Paul avait été témoin de la scène et s'était vivement inscrit en faux devant ces accusations grotesques.

— Comment pouvez-vous affirmer ce genre de chose ? avait-il reproché à sa voisine ? Kénichi et Kino sont des gens correctes à qui vous ne pouvez rien reprocher. Ils ne sont en rien responsables de la disparition de votre chien.

— Mon pauvre garçon, vous n'êtes pas assez méfiant ! Il y a des terroristes partout aujourd'hui et ils s'en prennent souvent aux personnes âgées !

— Non Paulette, vous mélangez tout ! Je vous interdis de parler comme cela de gens que vous ne connaissez pas !

— Je serais vous, je ne la ramènerais pas ! jeune homme. Il ne vous appartient pas de me dicter mes opinions ; je suis une femme honnête moi, monsieur, et vous devriez bien prendre modèle !

Puis la vieille dame était rentrée chez elle la tête haute.

Le soir même, Paul raconta à Sophie sa dispute avec Paulette. Il profita de l'occasion pour prévenir Sophie qu'il ne désirait plus entretenir le jardin de sa voisine. Son nouveau travail ne lui permettait plus une telle charge.

Deux jours plus tard, Sophie trouva, sur le seuil de leur maison, un petit colis sans adresse. Elle hésita un instant à l'ouvrir mais la curiosité l'emporta, elle saisit un couteau de cuisine et coupa l'adhésif. A l'intérieur, elle trouva une laisse et un petit collier de chien avec une clochette ; sur la petite plaque, un nom gravé : Lucky. L'emballage était étrange, sur l'adhésif qui fermait le colis elle put lire le nom de la célèbre compagnie law-cost « Easy Jet ».

***

Roger Pichon reçut son père pour lui demander de cesser tout contact avec le service d'entretien de l'entreprise. Depuis toujours en effet, René Louvel venait prêter main forte au domicile de son ancien patron, et ce, sur le compte de l'entreprise. L'homme, qui n'était plus jeune désormais était ravi de rendre service à celui qui l'avait embauché plus de quarante ans auparavant. René se déplaçait chez son ancien patron, il connaissait les recoins de la maison sur le bout des doigts et réparait tout avant même que l'intéressé ne le demandât. Les outils appartenaient à l'entreprise « Délicious » et bien souvent, si un artisan professionnel intervenait, la facture de réparation était payée par l'entreprise familiale. René Louvel et monsieur Pichon père avaient toujours procédé ainsi, personne n'en avait jamais rien eu à redire. Conscient de la chose, Roger Pichon fils fermait les yeux, malgré les relances de Monique Manceau de mettre fin à ces pratiques empiriques.

Au fond, les sommes étaient dérisoires et « L'entreprise lui devait bien cela », proférait le fondateur de cette entreprise, avant d'ajouter : « N'était-il pas toujours chez lui ! ».

— Papa, ça ne peut plus durer. Tu dois arrêter de venir à l'atelier te servir. Au dernier contrôle fiscal, nous avons tout fait pour écarter leur attention, mais il était moins une. Tu sais que ça peut coûter cher aujourd'hui de procéder ainsi.

— Qu'ils viennent, qu'ils me mettent en prison ces salauds. J'irai voir le préfet moi, je le connais le préfet et s'il le faut, j'irai au ministre.

— Papa, tu ne connais pas de ministre et le député n'est plus le même qu'à ton époque. Ils sont tous morts ceux que tu connaissais.

— Non ! Juppé, il n'est toujours pas mort ! Je l'aimais bien Juppé...

— Oui, mais lui, tu ne le connais pas personnellement !

— ...

— En attendant, tu dois arrêter de venir. D'ailleurs, René va partir en retraite le mois prochain, si tu veux, il viendra te voir. Tu pourras toujours le payer de la main à la main, c'est ton problème.

— Tu n'y penses pas, c'est qu'il est hors de prix mon René, il ne donne pas sa main-d'œuvre. Mais attention, il travaille parfaitement bien. Là-dessus, y'a rien à redire !

— Oui, bon, il faudra qu'on en reparle.

—

8

Sophie cheminait péniblement, son ventre était énorme, pire qu'à ses deux filles ! Malgré cela, une chose après l'autre, elle s'occupait parfaitement de sa maison. Dans la poche de pantalon de son mari, elle trouva un papier d'emballage de bonbon, semblable à ceux qu'on trouve à l'accueil de tous les hôtels. Le « L » indiquait clairement qu'il s'agissait d'un *Logis de France*. Elle se précipita sur son ordinateur et tapa le nom de l'enseigne ainsi que le code postal puis cliqua sur « map ». La carte montrait que neuf Logis de France étaient implantés dans un périmètre de vingt kilomètres autour de la ville. Elle s'interrogea sur ce que pourrait être sa prochaine recherche. Encore une fois, son enquête coupait court. Il était fort le salaud !

Depuis quelque temps, elle cherchait en vain un signe, un oubli, une erreur. Paul, en apparence tout du moins, était concentré sur son boulot. Le soir, il ne l'évoquait que très peu prétextant que son métier recelait certains secrets ; un agent de la CIA n'aurait pas dit mieux.

Si le DRH avait un ordinateur de travail, il ne l'utilisait que rarement à la maison. Parfois il lui arrivait d'utiliser l'ordinateur familial pour diverses recherches ; peu adepte des réseaux sociaux, il possédait cependant un compte Facebook. Une fois n'étant pas coutume, Sophie décida d'ouvrir le compte de son mari, pour fouiner à la recherche d'indices. Elle n'y retrouva que des photos de leur dernier voyage au Portugal qu'ils avaient effectué deux ans plus tôt. Douze amis partageaient son mur : quelques vieux copains, son frère, un cousin lointain, une tante, et un voisin ; aucun employé de Délicious ni aucune personne inconnue de Sophie. Le dernier post à son attention provenait de Kénichi qui blaguait sur la disparition de Lucky, le chien de Paulette. Le voisin cambodgien ironisait sur la disparition de l'animal, et, à chaque fois ou presque, Paul répondait sans laisser de commentaire, juste avec une émoticône bidonnée. L'amusement et les gausseries de ces deux-là dépassaient l'entendement. La colère la poussa à poursuivre ses investigations.

***

Le téléphone de Paul sonna, Lucie du standard lui annonça qu'un certain Michel Barrot, ou Parrot, voulait l'entretenir au téléphone :

— Qui est-ce ?
— Je ne sais pas, il n'a pas voulu préciser...
— Bon, passez-le moi ! Décidément, cette Lucie était une piètre standardiste.
— Allo, Monsieur Paul Marielle ?
— Lui-même.
— Bonjour, Monsieur Barrot de l'agence d'intérim Suppley. Voilà, il y a quelques minutes, j'ai reçu en entretien un certain

Denis Prébois ; il a travaillé pendant plusieurs années chez vous et certains de ses propos m'ont étonné. Je voulais vous en faire part. Par la même occasion, peut-être seriez-vous disposé à me parler de lui ?

Méfiant sur ce type d'appel, Paul réfléchit à deux fois avant de répondre :

— Evidemment, je comprendrais que vous ne veuillez pas parler de lui à un inconnu, rajouta Barrot.

— Non, non, cela m'est égal, mais je crains fort ne pas être en mesure de vous aider, je suis dans l'entreprise depuis peu de temps et je ne le connaissais pas bien, répondit Paul afin de noyer le poisson, avant d'ajouter que la direction était jusqu'alors satisfaite de son travail et de son engagement.

Paul se remémora brièvement l'image de Denis avec madame Manceau allongée sur le bureau, cette pensée le fit sourire mais, reprenant la conversation téléphonique, il ajouta :

— Il a décidé de lui-même de quitter l'entreprise, je n'ai rien à dire de plus.

— Oui, je comprends mais voilà, il ne s'est pas contenté d'évoquer son parcours et son rôle chez Délicious, il s'est aussi risqué à raconter certaines choses peu avouables sur les pratiques de votre société. Il m'a d'ailleurs affirmé que s'il quittait l'entreprise, c'est bien qu'il ne cautionnait plus ces méthodes abusives.

— Mais de quoi parlait-il ? demanda Paul intrigué. Puis se ravisant:

— Pardon monsieur...

— Barrot, Pierre Barrot de l'agence Suppley.

— Monsieur Barrot, puis-je vous rappeler dans un instant ?

— Oui, bien évidemment, je comprends votre méfiance.

Paul raccrocha puis tapa « Suppley » sur son clavier d'ordinateur il récupéra le téléphone de ce Monsieur avant de le rappeler.

— Allô, Agence Suppley bonjour, Anita à votre service ?

— Bonjour, je souhaite parler à monsieur Barrot s'il vous plait ?

— Il n'y a pas de monsieur Barrot chez nous monsieur, sans doute faites-vous erreur !

— Ou Parrot avec un P ?

— Pas plus avec un P, répondit Anita avec humour.

— Je vous remercie, bonne journée, excusez du dérangement, lança Paul, bien heureux d'avoir pris cette précaution avant de raccrocher. Aussitôt le téléphone sonna à nouveau, il décrocha:

— Oui, monsieur Marielle, c'est encore moi, Lucie. J'ai monsieur Barrot, il a oublié de vous dire qu'il était de l'agence de Toulouse !

— Ah, très bien, il peut raccrocher, je le rappelle !

— Mais je l'ai au bout du fil ?

— Faites ce que je vous dis. Dites-lui que *je* le rappelle !

— Bon d'accord, *vous* le rappelez !

Paul trouva le numéro de Suppley à Toulouse et il rappela sans tarder. Aussitôt, c'est Barrot lui-même qui décrocha :

— Allô, Agence Suppley, Pierre Barrot. Que puis-je pour vous ?

— C'est Paul Marielle. Excusez-moi pour ce contrôle de principe...

— C'est bien normal, je vous comprends ! N'importe qui aurait pu s'inventer une identité et vous tirer les vers du nez.

— Alors, ce Denis Prébois, que vous a-t-il raconté, je suis intéressé, avoua Paul à son interlocuteur.

— Eh bien voilà…

***

Paul était rentré tôt ce jour-là. Il prétexta un coup de fatigue, déclarant qu'il partirait tôt le lendemain, jour de réunion. Bizarrement, il évoqua le coup de téléphone qu'il avait reçu de ce Pierre Barrot. Il raconta à son épouse l'étrange conversation qu'il avait eue avec ce type. Denis Prébois était allé jusqu'à dénigrer son ancien employeur, coupable, entre autres, d'embaucher des repris de justice. L'accusation en soi n'avait plus guère d'importance mais que l'information ait fuité, prouvait que Monique Manceau n'avait pas su garder sa langue. Que se passait-il dans cette boite de malades !

Sophie proposa à son époux de chercher sur internet des informations concernant Denis Prébois. Paul lui dit qu'il avait déjà tout épluché, qu'il n'avait rien trouvé de plus que ce qu'il savait déjà.

— Sur Facebook, tu as regardé ?

— Non, je ne suis pas du genre fouineur, tu le sais. S'il m'est arrivé de le faire, j'avais à chaque fois une bonne raison et surtout une mauvaise conscience !

N'écoutant plus son mari, Sophie pianota sur le clavier et retrouva rapidement le profil de Denis. Le démissionnaire s'affichait régulièrement en selfie. Mêlé à des blagues d'un goût douteux, il n'hésitait pas à commenter tout ce qui lui passait devant les yeux. Paul s'était installé derrière son épouse et lorgnait par-dessus son épaule, tout en râlant sur l'utilisation faite par son épouse du réseau social.

— J'ai vraiment l'impression que tu espionnes les gens avec ce truc !

— Regarde donc ce que fait cet imbécile ! Regarde, il est né à Redon, c'est où ça déjà ? mentit-elle.

— En Ille-et-Vilaine, pas très loin de Rennes, on y était passés une fois, tout près de Rochefort en Terre ; tu sais, ce petit village très fleuri que l'on avait visité, tu l'avais adoré.

Pour Sophie, il n'était pas question de changer de sujet, elle qui voulait faire le lien entre ce Denis et cette Béatrice.

— Attends, je vais aller sur « Ses amis »

En quelques clics, elle arriva sur la photo de Béa BTD. Un silence se fit.

— Qu'est-ce qu'elle fiche là, celle-là ?

— Qui ? demanda Sophie avec une innocence feinte.

— Ben, Béatrice Bretodeau ! Tape sur son nom à elle...

Sophie s'exécuta avec une certaine satisfaction. Aussitôt, elle dirigea le pointeur vers l'icône « Photo », fit défiler les images en attendant la prochaine remarque de son idiot de mari.

— Mais qu'est-ce que c'est que ce bordel ? Tu peux agrandir l'image s'il te plait.

Elle aurait eu envie de lui dire, « Tu veux que je l'imprime aussi !». D'un clic, la rouquine envahit l'écran, c'en était trop !

— Qu'est-ce qu'il fout là celui-là !

Sophie regarda son mari dans les yeux, elle y vit de la stupeur.

— Quoi, qui ça ?

— Là, derrière Béatrice, cet homme.

Paul venait de reconnaître Gérard Champereau.

***

Il était vingt et une heure lorsqu'il téléphona à Roger Pichon. Sophie était à ses côtés, le haut-parleur activé.

— Allô, monsieur Pichon !

— Oui Paul, qu'y a-t-il ?

— Je viens de soulever un loup...

— Un quoi ?

Paul lui expliqua le fruit de ses recherches, Sophie écoutait les deux hommes converser. Elle fut étonnée de la simplicité de leur relation. Elle comprit que Paul et son patron ne jouaient pas. Il se passait peut-être quelque chose de grave. Pour le cas de Gérard Champereau, coupable d'un délit grave, Paul lui en avait déjà parlé l'instant d'avant. Le loup était entré dans la bergerie, peut-être bien par l'intermédiaire de la comptable.

* * *

Comme chaque jour, le facteur déposait le courrier à l'accueil. Lucie était chargée, en plus du standard, de le répartir dans les casiers correspondant aux différents services. Paul descendait chercher ce qui lui revenait en milieu de matinée. Comme chaque jour, il balaya les enveloppes comme on bat les cartes, mais ce jour-là, Lucie ne s'était pas contentée de le saluer, elle le regardait avec insistance preuve qu'elle avait décelé quelque chose. En effet, le DRH fut intrigué par une lettre qui lui était personnellement adressée. La jeune femme restait plantée là et attendait vraisemblablement la réaction de Paul. D'ailleurs, cette écriture ne lui parut pas inconnue et il s'empressa donc de décacheter l'enveloppe ; ses jambes faillirent bien le lâcher.

— Rien de grave ? demanda Lucie.

Paul n'avait pas la moindre intention de partager cette information avec la standardiste qui aurait pourtant bien aimé en savoir davantage.

Il traversa le couloir, s'arrêta un instant, hésita entre la porte bleue et la porte rouge, frappa finalement à la rouge.

— Oui, entrez ! Ah Paul, j'allais justement vous appeler…

Paul tendit l'enveloppe à son patron sans faire le moindre commentaire. Le PDG la saisit, regarda Paul dans les yeux :

— Quoi ? Qu'est-ce que c'est ?

— Regardez, vous risquez d'être surpris. Moi en tout cas, ça m'a scié !

Roger Pichon lut la lettre jusqu'à la dernière ligne, puis la relut avant de conclure :

— Bon, n'est-ce pas une bonne chose ?

— Ben, si vous le dites ! moi, pour ne rien vous cacher, je pense qu'elle était compétente et que l'entreprise a besoin de gens de cette trempe. Pour autant, nul n'est irremplaçable !

— Bon, nous sommes d'accord ! Nous pourrons la recevoir dans mon bureau dès qu'on aura fait le point sur ses indemnités. On pourra alors fixer la date précise de son départ bien avant le délai de trois mois. Si elle pouvait accepter un départ anticipé, nous en serions débarrassés une fois pour toutes. C'en sera fini de toutes ces rumeurs qu'elle aimait colporter sans cesse.

— Vous croyez que cela venait d'elle ?

— Bien entendu. Avant votre arrivée, elle nuisait déjà avec sa façon de faire. Elle a bien failli vous avoir, vous aussi, n'est-ce pas ?

— Je ne peux pas le nier !

— Bien, préparez-moi tout ceci et vous pouvez déjà appeler le cabinet de recrutement. Je veux une pointure pour son remplacement, un homme de préférence.

— Et pour madame Manceau ?

— Je lui dirai dès demain.

Paul n'en revenait pas. Béatrice Bretodeau avait démissionné.

***

Après trois mois d'hospitalisation, Christian était sorti requinqué, frais comme un gardon. Sur un banc, une passante l'avait trouvé inconscient, gisant dans son vomi ; elle avait aussitôt appelé le Samu. Ausculté par le médecin des urgences lors de son admission, ce dernier lui avait soufflé à l'oreille qu'il s'en était tiré de justesse ; il pouvait remercier sa bienfaitrice. Christian en conclut que, si cette femme avait choisi un autre chemin de randonnée, si elle l'avait ignoré comme la plupart des gens qui croisent le chemin d'un SDF avec mépris et indignation, et si elle n'avait pas pris une minute de son précieux temps pour se préoccuper du sort d'un clodo, il camperait à cette heure au paradis des sans-abri sans être passé par la case « Recevez 20000 francs ». Mais cela faisait déjà beaucoup de « si », lui qui n'avait jamais joué au Monopoly.

Christian n'était pas du genre querelleur. Pourtant, ce jour-là, il avait eu maille à partir avec une bande de junkies. L'histoire s'était terminée avec un coquard et une belle entaille sur l'arcade sourcilière, rien de bien grave en soi. Mais l'un des junkies lui avait aussi infligé un méchant coup de pied dans les côtes alors qu'il était au sol. La douleur avait été vive mais Christian savait que cela passerait. Maintes fois dans sa vie il s'était fait cogner sans que cela ne prêtât à conséquence.

Ce qui s'était passé ensuite, il n'en avait pas la moindre idée, un trou noir, jusqu'à ce que les médecins du Samu ne viennent le chercher.

C'est ainsi qu'il avait passé ces dernières semaines, au chaud, au frais de la princesse, servi comme un seigneur. Evidemment, pendant sa convalescence, aucun de ses compagnons de route ne lui avait rendu visite. Il se serait emmerdé comme un rat mort s'il n'avait pas sympathisé avec un gamin dans la salle de télé. Ensemble, ils avaient beaucoup joué à la bataille jusqu'au moment où il s'était aperçu que le petit le laissait gagner. Mesurant les avantages de cette claustration, il était bien décidé à en profiter pleinement, traînant les pieds, se plaignant plus que de raison, gémissant au moindre contact. Il feint une déprime, pleura pour qu'on le garde encore, mais personne n'était dupe et le jour du départ arriva.

Le jour de sa libération forcée, il retourna directement au jardin public pour s'enquérir des dernières nouvelles. Que s'était-il passé pendant son absence, les miséreux avaient complètement disparu ; pas une âme ressemblant à un SDF. Parmi ces nouveaux envahisseurs du parc, Christian ne faisait pas tache, l'hôpital lui ayant procuré une nouvelle garde-robe dans un sac à dos provenant certainement de chez Emmaüs. Fringant, il s'adressa à une femme flanquée d'un nourrisson :

— Que s'est-il passé ici ? Où sont passés tous les SDF qui traînaient là ?

— Oh ! la mairie a effectué un grand ménage. Ce n'était pas trop tôt ! Il n'y en avait que pour eux, comme les mauvaises herbes, ils avaient envahi le parc. C'est simple, moi je n'y venais plus !

— Où sont-ils allés ?

— Ah oui ! c'est vrai ça ? Où sont-ils partis ? je n'y avais pas pensé ! Sans doute sont-ils rentrés chez eux, ajouta-t-elle en riant comme une bossue.

Christian aurait voulu lui faire bouffer son bébé à cette conne, mais il préféra passer son chemin. Décidément, il n'était pas né pour faire partie de ce monde-là.

Il traîna longtemps dans les rues et finit par retrouver quelques connaissances. Ils partagèrent quelques canons de retrouvailles, et lorsqu'ils eurent dépensé leur dernier euro au Proxi voisin en vinasse tout à fait acceptable, ils décidèrent de rentrer au bercail.

Christian était retourné dans son abri de jardin. Il refusait catégoriquement de dormir à la belle étoile, il lui fallait un toit et surtout une porte pour se sentir en sécurité. Il arriva devant la maison au volet vert. À cette heure tardive, la vieille bique devait déjà dormir, il n'avait pas de montre mais la nuit était tombée depuis un bon moment.

La lumière des lampadaires publics peinait à éclairer l'arrière de la maison ; aussi, afin de rejoindre le garage au fond du jardin, Christian était obligé de franchir le portillon et de se plonger dans la pénombre. La porte de service n'était jamais fermée, il sortit de sa poche un briquet et éclaira l'intérieur du local. La Citroën BX, couverte d'une fine couche de poussière, fit sourire le clochard.

« Salut ma beauté, ce soir tu ne seras pas seule. Si tu veux bien me prêter ta banquette arrière, je t'en serai infiniment reconnaissant ! »

Mais un bruit à l'extérieur l'intrigua. Qu'avait donc le voisin pour faire du jardinage à une heure aussi tardive. Il s'approcha de la clôture et tenta de percevoir d'où venaient les coups de pelle. Un homme d'une quarantaine d'années s'évertuait à creuser un trou. A la manière dont il tenait sa pelle, l'individu ne devait pas être un employé des espaces verts de la ville et encore moins un chercheur de trésor. L'homme posa la pelle et attrapa un sac plastique qu'il lança dans le trou ; il y avait une odeur à faire fuir un putois. Puis le fossoyeur entreprit de reboucher la cavité. Christian chercha à comprendre ce qui se passait de l'autre côté de la palissade.

C'est à ce moment, allez savoir pourquoi, qu'une horde d'objets volants non identifiés l'attaqua sans aucune sommation ; les bestioles n'avaient pas apprécié être dérangées, elles assiégèrent sa position avant de s'envoler dans la nuit. Christian s'affala de tout son long. Bien que brève, la chute occasionna un bruissement étouffé suivi de plusieurs grommellements. Vraisemblablement, une faune nocturne avait envahi le lieu puisque, après les chauves-souris, ce qu'il pensa être un hérisson, réprouva qu'on vienne interrompre son festin. Christian resta immobile, allongé dans une matière à la fois visqueuse et malodorante, avant de comprendre qu'il était tombé dans le composteur, un trou dans lequel la vieille jetait ses déchets verts. Un chat apeuré avait geint et s'était enfui sans demander son reste. Une chouette hulotte sonna la trêve. Après un long silence, le voisin reprit son ouvrage.

***

Dès le lendemain, la directrice convoqua Béatrice Bretonneau. Lorsque la chef-comptable s'installa au bout de la table, Roger Pichon et Paul Marielle étaient présents aux côtés de Monique Manceau :

— Je ne vous cacherai pas notre surprise à tous, ce matin même, lorsque nous avons pris connaissance de votre démission.

Nous en avons pris note, sans doute est-ce là une décision mûrement réfléchie, il ne nous appartient pas d'en connaître les raisons, cependant nous aimerions savoir s'il y a eu un élément ou un incident déclencheur, une maladresse qui serait de la responsabilité de l'entreprise et qui aurait motivé cette démission.

— En effet, je ne souhaite pas m'étaler sur mes raisons, je pars, c'est tout ! déclara l'intéressée.

Béatrice était maligne, cette courte réponse fermait la porte à toute autre question. Paul fut néanmoins étonné par la diplomatie de la directrice. Il savait à présent que la comptable cachait quelque chose, son départ précipité en témoignait, il devait en savoir davantage et il décida alors de reprendre la main :

— Permettez-moi, mademoiselle Bretodeau, de vous poser la question suivante : depuis quand connaissiez-vous Denis Prébois ?

Pour l'occasion, Paul avait oublié toute familiarité, le vouvoiement était de mise. Ce changement brutal déstabilisa la jeune femme. De plus, la question était inattendue :

« Je ne vois pas où tu veux en venir Paul, demande donc à madame Manceau quels sont ses liens avec Denis ; moi, j'm'en balance ! »

L'intéressée se leva d'un bond, prête à bondir sur la jeune comptable. Roger Pichon la pria de se rasseoir et d'écouter. La voix du patron avait résonné dans la grande salle de réunion et les deux femmes comprirent que Roger Pichon était sur le qui-vive.

— Continuez Paul, ajouta le PDG.

— J'insiste, comment avez-vous connu Denis Prébois ?

— Quelle question ! Voilà donc les raisons de cet interrogatoire, on croirait avoir affaire à la police !

— Peut-être en arriverons-nous à ce point, mais pour l'instant, répondez-donc à ma question...

— Bon d'accord, je connais Denis depuis toujours. Nous sommes nés dans la même ville et nos parents se connaissaient, rien de plus. Un jour, il y a six ans environ, je l'ai appelé et je lui ai demandé s'il pouvait me pistonner, c'est ce qu'il a fait, basta ! Ce n'est pas un crime ça, non ?

— En effet, c'est bien peu de chose. Mais pourquoi l'avoir caché et comment a-t-il procédé ?

— Oh, c'était facile avec Julie Galland. Et puis, madame Manceau a donné son aval.

— Comment ça, j'ai donné mon aval ?

— Oh, pas la peine de vous cacher, tout le monde connaissait votre penchant pour Denis Prébois, vous ne lui refusiez rien à l'époque !

Paul et Roger Pichon s'empêchèrent de rire.

— Dites-moi Béatrice, et quelles sont vos liens avec Gérard Champereau ?

— Avec qui ?

— Gérard Champereau...

— Je ne le connais pas ; enfin, c'est quelqu'un du service achat, je crois, dit-elle, feignant une réflexion, oui c'est ça, service achat !

— Vous ne le connaissez donc pas ?

— Non ! Pourquoi ?

Paul sortit d'un dossier jaune, la photo qu'il avait imprimée la veille. On y voyait les deux visages et leur lien d'amitié était sans équivoque.

— Où avez-vous trouvé cette photographie ?

— Quelqu'un se sera chargé de nous la faire parvenir…Une source, disons, anonyme. Par ailleurs, j'ai personnellement le souvenir pas très lointain de vous avoir aperçue avec lui à Bricomarché. Vous vous en souvenez sans doute !

— …

— Béatrice, votre démission tombe à un tel moment que l'on se demande si l'audit programmé n'a pas motivé votre départ précipité. Si vous pouviez nous éclairer sur certaines de vos pratiques, nous pourrions prendre en compte une confession comme une volonté de vous racheter.

— Comment ça, me racheter ? Mais pourquoi donc j'aurais besoin de me racheter ?

— Calmez-vous, nous voulons juste savoir ce que nous allons découvrir en cherchant un peu plus loin !

— Mais rien, je le jure !

— Non Béatrice, toutes ces manœuvres pour détourner l'attention ! Vous avez bien profité des faiblesses de chacun, répandant sans cesse ces rumeurs, osa Monique Manceau.

— Croyez ce que vous voulez, je n'ai plus rien à vous dire !

Cette fois-ci, ce fut Roger Pichon qui intervint :

— Ah ! vous croyez ! J'en suis moins sûr. A cette heure, vous faites toujours partie des effectifs. Vous êtes priée de répondre à nos questions, elles concernent l'entreprise. Mais peut-être préféreriez-vous répondre aux questions de la police, parce que je vous l'assure, ce pourrait bien être la prochaine étape. Mon indulgence cessera dès lors que nous aurons quitté cette table. C'est l'heure de parler, Béatrice ! rétorqua-t-il.

— Je n'ai rien de plus à dire !

— Très bien ! Vous pouvez rester assise. Le temps à la gendarmerie de venir vous interroger à leur tour ; je ne doute pas qu'ils sauront mieux s'y prendre que nous… dégaina Roger Pichon en se levant brusquement.

— …

Paul se leva estimant que l'entretien était clos ; madame Manceau les imita. Le DRH restait dubitatif et trouvait qu'ils étaient allés un peu loin dans leurs propos et leurs insinuations. Tout ceci n'était-il pas que du bluff ? Le PDG ne souhaitait aucunement mêler la police à ses affaires surtout au moment où il cédait l'entreprise. Les possibilités que les repreneurs se désistent étaient trop grandes.

— Attendez ! lança Béatrice.

Tous les trois se tournèrent vers Béatrice, elle venait de perdre son assurance et ses yeux fixaient un trombone qu'elle tortillait dans tous les sens, preuve qu'elle était à bout. Le fil métallique se brisa.

— Attendez ! répéta-t-elle, je vais vous dire toute la vérité !

— Trop tard Béatrice, nous vous avons déjà donné la possibilité de vous expliquer. Qu'espérez-vous ? Nous amadouer, nous gruger, nous mentir encore une fois ? J'en ai ma claque de vos bêtises ! déclara Roger Pichon.

Il y eu un temps de silence, puis, feignant l'exaspération, le PDG se rassit, fit signe à ses subordonnés de faire de même ; alors Béatrice reprit :

— Gérard Champereau et moi avons été ensemble lorsque nous étions jeunes. Il a fait une connerie.

— Oui, nous sommes au courant, ne put s'empêcher de dire Monique Manceau.

Paul et Roger Pichon la dévisagèrent mais avant qu'ils n'aient réagi, Béatrice poursuivit.

— Ah, je vois, vous êtes au courant !

— Que croyez-vous ? se permit d'ajouter la responsable administrative.

— Sachez cependant qu'il a payé sa dette.

— Il ne manquerait plus que ce ne soit pas le cas !

Béatrice ne se laissant pas démonter poursuivit :

— J'avais tenté de l'oublier mais quand il est sorti de prison, il m'a retrouvée. J'étais seule à ce moment-là et je me suis aperçue que je l'aimais toujours.

— Et votre mari, qu'en pensait-il ? demanda madame Manceau.

Béatrice eut l'air surprise :

— De quel mari parlez-vous ? Je ne suis pas mariée !

— Ah, vous nous l'avez pourtant présenté, l'hiver dernier à l'inauguration de la nouvelle ligne !

— Ah lui ! C'était seulement une connaissance qui était là pour l'occasion, un copain qui a joué le jeu pour quelques billets. Ni Gérard, ni moi ne voulions nous afficher ensemble. Je suis avec lui mais nous ne sommes pas mariés. Vous comprenez, avec ses antécédents judiciaires, il souhaite rester dans l'ombre. Son travail lui plait, il a payé sa dette à la société, il ne veut plus d'ennuis, c'est simple !

— Et vous l'avez fait entrer chez Délicious ? lança à nouveau Monique Manceau.

— Vous avez tout compris, la voilà la vérité. C'est simple au fond !

Paul restait sur sa faim, les explications de Béatrice semblaient avoir été pensées et ressassées comme on joue une comédie. Jusque-là, la comptable s'en était bien tirée.

— Vous avez dit aimer cet homme et pourtant je me souviens de vos tentatives pour me séduire, quelle en était la raison ?

— Là, c'est différent, si tu avais voulu, je l'aurais quitté pour toi, dit-elle en le fixant exagérément. Puis elle ajouta :

— Tout le monde a ses faiblesses, je dois avouer qu'il m'arrive moi aussi de m'abandonner à quelques idées rocambolesques. Sans doute ai-je cru un instant voir le prince charmant ? Allez, je te le dis à présent, lors de ton recrutement, Julie Galland avait enregistré votre entretien à ton insu. Lorsque vous vous êtes quittés, elle m'avait fait écouter la bande sonore.

— C'est illégal ! répondit-il bêtement.

— Qu'importe ! Elle craignait, en te choisissant, de t'attirer dans un traquenard. Elle pensait que tu n'y survivrais pas, je constate qu'elle s'était bien trompée. Bref, je lui ai donné mon avis, évidemment il était positif.

— Pourquoi « évidemment » ? demanda Paul.

— Tu as raison ; mes critères n'étaient pas forcément très objectifs ! Mais ceux de madame Manceau encore moins ! ajouta Béatrice sans que celle-ci ne s'y attende.

— Peste ! C'est plus fort que vous, vous ne pouvez pas vous empêcher de la ramener !

— Monique, s'il vous plait, ne tombez pas dans son jeu, intervint le PDG. il vise, comme toujours, à nous diviser!

Roger Pichon sonna la fin du round. Il pria Béatrice Bretodeau de rejoindre son bureau. Ils décideraient des mesures à prendre dans les plus brefs délais. Lorsque la comptable fut sortie de la salle de réunion, les trois derniers occupants étaient atterrés. Roger Pichon jugea qu'il n'était pas acceptable qu'elle reprenne son poste ni le lendemain, ni jamais.

Monique Manceau revint à la charge :

— Je vous l'avais dit que ce type, ce Champereau devait être viré !

— Oui, en effet Monique ! je dois avouer que vous aviez vu juste.

Roger Pichon se garda bien de dire le fond de sa pensée. Il gardait ses billes pour plus tard, quand le moment serait plus opportun. Après un long silence, le PDG reprit la main :

— Monique ! Dites nous plutôt qui à la compta est capable de la remplacer au pied levé ?

— Personne !

— Et bien, vous allez vous y coller ! Les jours à venir risquent d'être compliqués pour le personnel du service. Peut-être qu'il n'y a rien à découvrir mais mon petit doigt me dit qu'elle était en mesure de nuire directement à l'entreprise.

— Et que faisons-nous pour Champereau, demanda Monique Manceau?

— Je verrai avec Paul, mais il y a fort à parier qu'à cette heure, il soit déjà au courant de notre échange avec Béatrice Bretodeau. Je dois vous dire à ce propos que vous avez été parfaite, vous auriez voulu saborder un navire que vous ne vous y seriez pas prise autrement.

— Mais…

— Taisez-vous maintenant, je vous ordonne de m'écouter. Vous allez m'éplucher tous les comptes depuis cinq ans, achats et production, en nombre d'unités et en valeur. Vous pourrez vous faire aider de Pierre et de Gérard Gautier du service achat.

— Mais n'est-ce pas la fonction de l'audit que de mettre à jour ce type de recherche ?

— Non, l'audit en question n'est pas là pour découvrir nos conneries. S'il y a eu des erreurs, nous en sommes les responsables, inutile de se défiler. S'il y a eu fraude, nous sommes aussi coupables de n'avoir rien vu. Est-ce clair ?

— Mais c'est un travail titanesque !

— Non, vous verrez, quand vous aurez trouvé l'accroc vous n'aurez plus qu'à tirer sur le fil. Tout le mécanisme tombera comme un jeu de cartes.

— Mais s'il n'y a rien à découvrir ?

— Eh bien ! espérons-le !

Paul faillit éclater de rire à son tour.

La responsable restait sur sa question. Elle réfléchissait, essayait de trouver une échappatoire, enfin elle aggrava sa propre situation :

— Mais le service achat n'a jamais mis le nez dans les comptes. Il ne passe que les commandes, nous leur envoyons les statistiques chaque mois…

— Et les regardent-ils?

— J'en doute, ils ont d'autres chats à fouetter, dit-elle avec un léger sourire.

— Eh bien non justement, c'est vraisemblablement là le problème. Je crois me souvenir qu'il y a peu, Gérard Magimel, le nouveau directeur commercial a émis une remarque à ce sujet, qu'en avez-vous conclu.

— Je ne me souviens pas qu'il m'ait apporté la moindre preuve de ce qu'il avançait.

— Ce n'était pas à lui de vérifier mais à vous ! Si vous aviez été moins bornée, sans doute auriez-vous découvert ce qui se tramait dans votre dos !

— Je suis certaine qu'il n'y a rien ! finit-elle pars lancer à court d'arguments.

— Monique ! fichez le camp d'ici et mettez-vous au travail !

— …

— Paul, lancez dès à présent une recherche pour le remplacement de Béatrice. Je veux que tout rentre dans l'ordre avant l'audit.

Personne ne fut surpris le lendemain en fin de matinée quand quelqu'un déposa un arrêt de travail à l'accueil. Béatrice Bretodeau serait absente pour huit jours.

Paul tentait de convaincre Pichon d'informer la gendarmerie mais le PDG ne voulait s'y résoudre.

Monique Manceau s'activait, elle faisait des pieds et des mains sans la moindre productivité. L'entretien qu'elle eut avec le responsable des achats n'apporta rien. Ses chiffres étaient bons, tout collait.

Jacques Gautier du service logistique informa Paul que, ce matin, le dénommé Gérard Champereau n'était pas à son poste.

— C'est vraiment très curieux dit-il, ce gars n'a jamais manqué un jour de travail depuis qu'il est chez nous, de plus, crut-il bon de préciser, jamais il n'a eu le moindre retard ! Mais pourquoi donc n'est-il pas à son poste ?

— Euh, à vrai dire, je n'en suis pas étonné, admit le DRH. Quelqu'un peut-il le remplacer ? j'ai bien peur qu'il ne revienne pas de sitôt !

— Ah bon, vous l'avez eu au téléphone, c'est curieux, il a pourtant mon numéro de portable.

— Ah oui, et vous avez le sien, Jacques ?

— Oui, bien sûr, mais il ne répond même pas à mes SMS !

— Ecoutez Jacques, je ne peux rien vous raconter pour l'instant, mais je vous promets de vous tenir informé dès que j'en saurai un peu plus. Mais il se pourrait qu'il ne revienne pas du tout, aussi prenez vos dispositions.

— Il ne lui est rien arrivé de grave j'espère ?

— Euh, non ! J'appelle de suite l'agence Manpower pour qu'ils vous envoient un gars en plus. Un réceptionnaire, ça ira ?

— Oui, oui ! mais vous êtes certain de ne pas vouloir me dire ce qu'il se passe ?

— Un peu plus tard, c'est promis !

— D'accord… Euh, envoyez donc deux gars, on a pris du retard !

— Ok chef !

—

9

Sophie invita Kénichi et son épouse Kino à dîner. Alors que les deux femmes parlaient de leurs enfants depuis un bon moment, les hommes en profitèrent pour disparaître au fond du jardin, comme s'ils avaient des choses à se raconter, à l'abri d'oreilles indiscrètes. Mais leur manège n'avait pas échappé à Sophie, elle rageait de ne pas pouvoir entendre ce que disaient les deux complices ; elle en avait désormais la certitude, ces deux-là étaient de mèche.

Le cambodgien était technicien en informatique dans une entreprise voisine. Il était aussi devenu l'homme de la maintenance informatique chez les Marielle. Quel internaute amateur ne rêve pas d'avoir un spécialiste bienveillant et compétent à sa porte ? Bug et virus n'avaient qu'à bien se tenir, Kénichi était là désormais ! Satisfaits de ce bon compromis, les voisins étaient devenus proches.

Quelque temps auparavant, Kino avait sollicité l'aide de Paul quant au harcèlement dont elle faisait l'objet de la part de son supérieur direct. La petite cambodgienne était une très belle femme, il n'en fallait pas plus pour que les hommes fantasment sur cette beauté exotique. Mais ce qui n'existait que dans la tête de certains avait pris une toute autre forme avec d'autres : d'abord, il y avait eu des propos salaces et, depuis peu, les attouchements de son supérieur hiérarchique. La première fois, Kino n'avait pas osé réagir ; ce saligaud avait alors renouvelé ses gestes déplacés, jusqu'à ce jour terrible où il avait carrément posé ses deux mains sur sa poitrine.

Craignant de se rendre seule auprès des services compétents, Paul n'avait eu d'autre choix que de l'accompagner dans ses démarches. Bien que le harceleur écopât d'une sanction disciplinaire, Kino fut la grande perdante de cette malheureuse affaire ; en effet, quelque temps plus tard, on la pressa d'accepter une rupture conventionnelle.

Tranquille au fond du jardin, à l'abri de toute indiscrétion, Paul posa une question à son cher voisin :

— Dis donc, le colis, c'est toi ?

— Quoi moi ? Et de quel colis parles-tu ?

— Celui que Sophie a trouvé sur notre palier ?

— Je ne t'ai jamais envoyé de colis, pourquoi me parles-tu d'un colis ?

— Allez ! Dis-moi que c'était une blague.

— … Quoi ! Mais non, je te jure, je n'ai rien fait de tel! Mais qu'a-t-il de si spécial ce colis pour te mettre dans cet état ?

— Il est anonyme et j'espère que tu en es l'auteur, sinon nous ne sommes pas au bout de nos tracas ! Comme je te l'ai dit, on a déposé un colis devant notre porte, il contenait le collier et la laisse du chien.

— Tu veux dire, celui de la vieille folle ? Enfin, celui de son chien ?

— J'en ai bien peur…

— Quand l'as-tu reçu ?

— La semaine dernière.

— Tu veux dire que quelqu'un aurait balancé le clébard sous ta roue après lui avoir enlevé son collier puis se serait barré. Et il aurait attendu tout ce temps avant de t'envoyer un colis anonyme ?

— C'est exactement ça, oui ! Je ne vois pas d'autre scénario possible.

— Houlà, mon pote, t'es dans la merde !

— Tu l'as dit ! Mais tu me jures que ce n'est pas toi ?

— Mais non voyons ! moi je t'aurais renvoyé la carcasse du chien après l'avoir mangé évidemment !

Tout en se rapprochant de la maison, ils changèrent de discussion et lorsqu'ils furent tout proches des deux femmes, Sophie observa qu'ils commentaient l'attaque du Thalys qui avait eu lieu l'après-midi même, où un assaillant supposé djihadiste avait terrorisé une rame du train sur la ligne Londres-Paris. Bienheureusement, quelques courageux passagers avaient stoppé le forcené dans son élan meurtrier.

Ce soir-là, Kino annonça qu'elle attendait aussi un enfant. Ce fut un grand moment de bonheur. Les quatre amis s'embrassèrent, laissant leurs émotions les submerger. C'est précisément à ce moment-là que la sonnette de la maison retentit. Chez les Marielle, la porte d'entrée, vitrée, donnait directement dans la cuisine ; tous les quatre aperçurent Paulette Blanchard taper du pied sur le paillasson. Sophie se déplaça péniblement pour lui ouvrir. Le terme de sa grossesse étant dépassé, elle multipliait les occasions de bouger.

La vieille chouette était d'humeur ronchon, autant dire que tout paraissait normal jusque-là !

— Qu'est-ce que vous faites ? demanda-t-elle abusivement.
— Comment ça, qu'est-ce qu'on fait ? reprit Sophie, sidérée.
Paulette se dodelina comme si elle était contrariée :
— Ah, ils sont là, eux !
— Ces gens sont nos amis ! Que voulez-vous Paulette ?
— J'ai ma chasse d'eau qui coule, ça fait du bruit et je ne peux pas dormir.

Il était presque 21 heures et Sophie fut à deux doigts de lui claquer la porte au nez. Paul intervint :

— Sophie prépare donc le café, je vais aller voir ça, j'en ai pour cinq minutes. Kénichi, tu viens, Paulette a besoin de nos compétences et c'est urgent ! dit-il avec un ton ironique non-feint.

— Vous n'y pensez pas ! Il n'est pas question que cet étranger entre chez moi !

— Ah ! comme vous voudrez Paulette, alors ce sera sans moi, affirma Paul, satisfait de sa répartie.

Sophie n'en revenait pas, cette femme à qui on proposait de l'aide presque quotidiennement, venait de leur faire un affront inqualifiable. Que Paulette Blanchard ait des penchants racistes n'étonnait en rien Sophie, mais ce soir-là, et à deux reprises, elle avait clairement émis un jugement de valeur. Le fait que Kénichi et Kino soient cambodgiens et ils devenaient alors, à ses yeux, des gens suspects. Non contente de son insulte elle ajouta :

— Je sais que c'est lui qui a mangé mon chien ! Ils mangent du chien ces gens-là, je le sais, j'en ai même parlé à la mairie, ils m'ont dit que c'était vrai !

— Mais c'est absurde, nous n'avons pas mangé son chien, il s'est fait écraser ! venait de crier Kino.

174

— ...

Tous regardèrent la jeune femme. Les deux hommes abasourdis fixèrent Kino. Sophie, qui avait très bien entendu, méditait sur cette dernière phrase. La vieille enchérit alors :

— Ah ! vous voyez, vous l'avez tué mon Lucky !

— Mais non, je ne voulais pas dire cela, simplement que votre chien a très probablement été écrasé ! tenta Kino, consciente d'en avoir trop dit.

— Ah oui, c'est curieux que nous n'ayons pas trouvé de cadavre ! insista la chouette.

Le mot de cadavre venait de résonner aux oreilles de Sophie. Kénichi reprit la main :

— S'il te plait Kino, laisse cette femme supposer ce qu'elle veut, ce n'est pas notre affaire...

Paul s'approcha de Paulette et s'adressa à elle en la regardant dans les yeux :

— Je ne vous autorise pas à insulter nos invités, maintenant rentrez chez vous !

— Et qui va s'occuper de mes toilettes ?

— Appelez un plombier, il y en a plein dans l'annuaire...

— Mais ça va me coûter cher !

— eh bien pendant que vous y êtes, cherchez donc un paysagiste pour vos espaces verts, moi et ma tondeuse nous ne pourrons plus assurer ce service gratuit.

— Ah oui, maintenant que vous avez cassé ma tondeuse, vous m'envoyez balader ! Je porterai plainte, je vous le promets !

— Très bien, on va faire comme ça. Allez, au revoir, rendez-vous au tribunal !

On ne voyait plus Monique Manceau traîner dans les couloirs. Piquée au vif, elle se faisait un devoir d'éplucher, année après année et ligne après ligne, chaque listing à la recherche d'une erreur ou d'une fraude. Pourtant, les factures correspondaient bien aux quantités réceptionnées et contrôlées par ses équipes. Ce travail titanesque et très certainement inutile, Roger Pichon l'avait demandé avec une telle expression de colère que Monique ne s'en était pas encore remise.

Une stagiaire, à qui on avait apparemment confié la tâche d'ouvrir le courrier de la comptabilité, frappa à la porte du bureau de Paul.

— Pardonnez-moi monsieur, mais Sylvie, est allée rejoindre la responsable pour le contrôle des bordereaux au service achat, et je suis donc seule à la compta. Je ne sais pas à qui je dois montrer ça mais Il me semble que c'est important, c'est un courrier du Crédit du Nord.

— Faites voir !

Paul prit connaissance de la lettre et réfléchit aux raisons qui avaient conduit la banque en question à envoyer un courrier plutôt qu'un simple mail. L'agence bancaire retournait une traite au motif que le montant de la facture n'y avait pas été mentionné, une erreur plus bête que méchante ! Ce courrier était adressé au service comptable, donc à Béatrice qui n'était plus là. Paul savait que ce service était mis à mal depuis que la responsable s'était, disons-le, enfuie. Comme si cela ne suffisait pas, une fille était en congé de maternité et personne n'avait jugé bon de la remplacer temporairement, enfin une autre s'était fait prescrire un arrêt maladie. Sylvie était donc seule aux commandes : la directrice, qui depuis quatre jours déjà s'évertuait à chercher ce qu'elle ne voulait pas trouver, n'avait pas hésité à dépouiller le service compta de son dernier élément. Vraiment, cette femme était incroyable ! Une stagiaire s'était présentée, on l'avait accueillie à bras ouverts.

Paul conseilla à la jeune fille de poser la lettre sur le bureau de Sylvie. Lorsque la stagiaire revint un quart d'heure plus tard, Paul, déjà bien occupé, ne put s'empêcher de montrer un signe d'exaspération.

— Excusez-moi de vous déranger à nouveau, mais je ne savais pas quoi entreprendre alors je suis allée au ficher pour trouver la facture correspondant à ce fournisseur, mais je n'ai trouvé aucune entreprise à ce nom ?

Agacé, Paul regarda la traite, le fournisseur s'appelait Bertelot Entreprise, il n'en avait jamais entendu parler, d'ailleurs quelle raison aurait-il de connaître le nom des fournisseurs de Délicious?

— Vous avez cherché à Entreprise Bertelot ou à SAS Bertelot?
— Oui…
— Mettez un post-it à l'attention de Sylvie, elle regardera ça quand elle reviendra. Excusez-moi, mais j'ai à faire !

Une heure passa ; la jeune fille n'était pas revenue. Soudain, Paul entendit quelque chose tomber.

Ils étaient seuls à cet étage et, à part ce bruit curieux, le silence régnait. Il se déplaça et vit que la stagiaire était simplement tombée de sa chaise ou plutôt du fauteuil à roulettes ! Elle se mit à pleurer, Paul s'en voulut : « On ne fait pas cela à une stagiaire qui n'a pas dix-sept ans, la laisser seule sans occupation, ce n'est pas très charitable ! ». La fille avait dû s'assoupir avant de dégringoler !

Paul aperçut le post-it sur la traite retournée et l'idée lui vint de jeter, à son tour, un œil dans le classeur vertical correspondant à la lettre B. Lui non plus ne trouva de fournisseur à ce nom. Mais dans le classeur, à l'emplacement où un dossier aurait dû être suspendu, il y trouva un espace vide. Enfin, les dossiers de chaque côté n'était pas reliés entre eux comme tous les autres, sous entendant qu'un dossier y avait eu sa place mais qu'il avait été enlevé. Il put compter pas moins de sept espaces semblables. Il saisit le téléphone et appela le service achat en direct sans passer par le standard. C'est Gérard Louvel lui-même qui répondit.

— Allô !

— C'est Paul Marielle, dis-moi, le fournisseur Bertelot Entreprise, il te livre quoi au juste ?

— Mais que fais-tu à la compta ? J'ai le numéro de la compta qui s'affiche sur l'écran du téléphone…

— T'occupe, réponds à la question s'il te plait…

— Comment tu as dit « Bertelot comment »

— Bertelot Entreprise…

— … Je ne sais pas, je ne connais aucun fournisseur à ce nom !

— N'en parle à personne, je te dirai plus tard, merci !

Et Paul raccrocha puis réfléchit.

La jeune fille assise en face de lui, attendait qu'il veuille bien lui donner du travail.

— Que fais-tu comme études ?

— BEP comptabilité monsieur.

— Quel est ton prénom déjà ?

178

— Romane, monsieur.

— Eh bien Romane, je crois que tu viens de soulever un lièvre !

— Un quoi ?

— Euh pardon, je voulais dire que vraisemblablement, tu viens de mettre le doigt sur ce que nous cherchons tous depuis quelques jours.

Tout en essuyant ses dernières larmes, la jeune fille retrouva le sourire et demanda :

— Si vous voulez, je peux retrouver les noms manquants. Vous devez bien avoir un grand livre des comptes ? Il suffit de pointer tous les noms un par un, ils doivent être par ordre alphabétique, c'est simple ! Je l'ai déjà fait dans un autre stage.

— Euh, désolé, mais je ne suis pas comptable, ça ressemble à quoi, ton grand livre ?

— Oh, c'est dans l'informatique, si vous m'y autorisez, je peux retrouver facilement.

— Montre-moi...

La fille était très rapide et d'une efficacité remarquable. En moins de temps qu'il n'en fallut pour le dire, elle trouva le fichier et commença la recherche. Paul trouva dommage qu'on ne lui propose pas mieux que l'ouverture du courrier.

Pendant que Romane cherchait, Paul réfléchit. Et si Béatrice envoyait elle-même des fausses factures à Délicious au nom d'un fournisseur lambda, et qu'elle s'arrangeait avec Gérard Champereau pour qu'il lui fasse parvenir un état correct de bons de livraison factices correspondant à ces fournitures imaginaires ? Les factures arriveraient par courrier ; les rapprochements correspondaient forcément et les traites étaient payées consécutivement sur un compte dont l'usurpatrice était bénéficiaire. Et par ici la monnaie !

Avant d'ébruiter l'affaire, Paul décida de partager ses soupçons avec Roger Pichon dès son retour. Au préalable, il alla déposer la traite et le post-it sur le bureau de madame Manceau.

Quand celle-ci revint dans son bureau un peu plus tard, elle ne mit guère plus d'une minute avant de se rendre auprès de la stagiaire afin de lui demander les raisons qui l'avaient autorisée à pénétrer dans son bureau pour déposer ce courrier. La stagiaire avait à nouveau fondu en larmes avant que Paul n'ait eu le temps de réagir. Vraiment, la pauvre n'avait pas de chance, il se promit de tout faire à présent pour rendre son séjour chez Délicious plus agréable.

— Non madame Manceau, c'est moi qui me suis permis d'entrer chez vous ! précisa Paul

— Mais de quel droit ?

— Eh bien Sylvie et vous étiez absentes, j'ai pensé qu'il était important de porter à votre connaissance un détail que Romane a relevé...

— Romane ?

— Oui, Romane, la stagiaire !

— La stagiaire, un détail...Vous vous fichez de moi, Marielle !

Visiblement, la responsable était à prendre avec des pincettes. Paul décida de ne rien dire pour le moment. Il s'excusa auprès de la responsable et, tournant les talons, alla s'enfermer dans son propre bureau. Paul préféra attendre le retour du patron pour lui faire part de sa trouvaille.

Il était probable qu'avant de partir, Béatrice avait fait disparaître toutes les preuves de son forfait. Seul l'expert-comptable et la banque pourraient trouver l'erreur. Les recherches qu'effectuait madame Manceau ne donneraient rien puisque, selon sa théorie, Béatrice avait tout maquillé.

***

Contrairement à tous ces jeunes SDF qui traînaient désormais dans les rues de la ville, Christian ne faisait jamais de politique ; enfin, il n'en faisait plus depuis qu'il s'était fâché avec tous ces cons qui gravitent autour de l'église, ces types qui boivent, se droguent et dorment avec leurs chiens. Ceux-là, ils ont généralement un avis tranché sur tout et n'importe quoi : « Tu les écoutes, tu jurerais qu'ils ont fait Polytechnique. Ils te balancent tellement de conneries à la minute qu'il est impossible d'en placer une !». Christian lui, n'avait guère d'avis, ni sur le président de la République ni sur ses sbires ; il n'avait d'ailleurs jamais voté de sa vie. Si encore on lui avait donné un casse-dalle, peut-être qu'il serait allé mettre un bulletin dans l'urne. Sa voix valait bien un sandwich, au thon de préférence ! Bref, avec tous ces jeunes blancs-becs et désormais l'équipe de migrants, Christian avait choisi d'abandonner sa place proche de l'église Notre-Dame pour aller séjourner dans les quartiers plus éloignés du centre. La proximité des centres commerciaux attirait les braves gens et finalement, le secteur était plus rémunérateur, les clients y étaient plus généreux que les grands-mères se rendant à confession. Là, où il y a de la vie, il y a de la thune !

La vie ne lui avait laissé que très peu de chance, à part celle toute relative d'être venu au monde ! Du côté familial, très tôt, ses parents avaient péri dans un terrible accident de la route et, lui et sa sœur jumelle avaient été recueillis par leurs grands-parents. Un jour sa sœur était partie chez une tante en Bretagne, il ne l'avait que rarement revue. Cancre à l'école, Christian n'avait pas d'amis, il commença un apprentissage chez un boulanger qui allait l'exploiter durant deux années.

A sa majorité, il était parti faire son service militaire, certain que son calvaire prenait fin. Mais la condition militaire ne lui avait guère mieux convenu. A deux reprises, il déserta ; ce qui lui valut plusieurs semaines de trou et le « rab », une prolongation de son séjour sous le drapeau français. C'est d'ailleurs pendant cette période qu'il connut Gégé en 1997. Une rencontre qu'il considérait encore aujourd'hui comme la plus importante de sa vie. Seuls ses proches le surnommaient par ce petit diminutif, mais son nom de guerre était « le requin » parce qu'il en avait un, tatoué sur son dos.

C'est donc ensemble qu'ils franchirent pour la dernière fois les grilles du régiment. La quille en main, et un bras d'honneur à l'adresse de l'institution militaire, ils décidèrent de continuer la route ensemble. Christian invita son nouvel ami à loger chez sa grand-mère, le temps de voir venir. Cette dernière ne vit pas la chose d'un bon œil et, trois jours après leur arrivée, les deux gugusses, furent mis à la porte. C'est aussi à cette époque que Christian retrouva sa sœur qui était revenue. Il lui présenta son nouveau pote et c'est ainsi que Gégé devint, en quelque sorte, son beauf.

Commença pour eux deux, une collaboration aussi sauvage que malhonnête qui, d'un point de vue pécuniaire, leur apporta confort et réjouissance. S'adjoignant l'aide de quelques complices, la bande organisa quelques bons coups : des cambriolages dont « le requin » était la tête pensante et le maître d'œuvre ; des casses toujours perpétrés dans des régions éloignées afin de ne pas trahir leur position de repli. Ils avaient toujours divisé le magot à parts égales, qu'importent l'implication et la compétence de chacun. Puis, un jour, le braquage d'un grand-magasin avait tourné à la farce. Il n'y eut aucun butin puisque les convoyeurs de fonds venaient de passer. La petite bande avait loupé le coche à moins d'une minute. Le mauvais timing pour un mauvais coup. Agacé, Gégé avait fait l'erreur de relever sa cagoule qui le gênait. Une ânerie d'amateur qui permit à une caméra de saisir l'image qui le ferait tomber quelques jours plus tard. Lorsque la police vint l'arrêter, le Requin usa de la force et blessa un policier. Il fut condamné et dût purger une peine de cinq années de prison ferme. Jamais il ne donna ses complices. Le reste de la bande se mit au vert.

Ensuite, le temps était passé et Christian n'avait exploré aucune autre voie. Qu'aurait-il fait avec ses deux mains gauches ? Son trésor de guerre s'était rapidement évaporé et il s'était bien vite retrouvé à la rue. Il avait tenté un retour chez sa grand-mère mais cette dernière n'avait rien voulu savoir. Elle l'exhortait à trouver un emploi mais pour Christian, la perspective d'avoir un chef lui donnait des boutons. Peu à peu, ses potes d'autrefois le laissèrent tomber ; plusieurs fois, il était allé frapper à leurs portes pour tenter de reprendre du service, mais en vain.

Enfin, Le Requin fut libéré pour bonne conduite. A son grand étonnement, il retrouva son amour de jeunesse, celle qui après quatre années, l'avait attendu. Ensemble, ils tentèrent de reconstruire une vie normale, vadrouillant de ville en ville, jusqu'au jour où ils revinrent à Chartres. Après un nombre incalculable de missions d'intérim, Gégé décrocha un boulot dans une usine, à la sortie de la ville ; un emploi tranquille qui lui assurait un salaire à la fin de chaque mois. Ses ennuis judiciaires semblaient derrière lui, il était rentré dans le rang. Christian n'en revenait pas, la tôle avait eu raison du Requin !

Parfois, lorsque sa meuf était absente, Christian passait voir son vieux copain ; il était le dernier à lui ouvrir encore la porte ; ils buvaient une bière ensemble, parlaient du bon vieux temps. Puis Christian lui tapait quelques billets, ça sert à ça les amis !

De son côté, Christian n'était pas dépensier. Il faut dire que la dernière fois qu'il avait eu un gros billet en poche datait de Mathusalem. Comment survivait-il ? De chine, de maigres larcins et d'aides sociales. Sa principale ressource, il la tirait désormais au titre de bénéficiaire du RSA additionné de la prime de Noël. Pour tout dire, à bientôt trente-sept berges, il n'avait quasiment rien glandé de sa vie.

C'est que Christian avait son propre concept de la liberté : chacun doit être libre de ses faits et gestes du moment qu'on ne vienne pas l'emmerder !

***

En mars dernier, Christian était retourné voir Le Requin ; cette fois-ci, il n'était pas venu les mains vides, il avait apporté une affaire, un coup facile, sans risque ! Il insista lourdement et Le Requin avait fini par l'écouter.

— Tu te souviens, ma grand-mère, celle qui nous avait foutus dehors juste après notre armée.

— Plutôt que je m'en souviens !

— Tu sais, elle est pleine aux as. Alors, comme au bon vieux temps, on passe un soir, on la dérouille gentiment et on cherche son bas de laine tranquillement.

— Mais c'est ta grand-mère, pourquoi veux-tu la cambrioler ?

— Elle ne veut plus me voir, même pas en peinture. Avant, j'allais parfois lui rendre visite, mais désormais c'est fini. La dernière fois que j'y suis allé, elle m'a dit qu'elle avait déjà fait les papiers pour nous déshériter, moi et ma soeur.

— Oui, mais c'est pas une raison ; ça se fait pas ! Et puis, tu ne vas pas tabasser une grand-mère voyons !

— Elle ? Si !

Selon le brillant tacticien, le seul point noir était la présence du clébard.

Le plan de Christian était foireux et Le Requin avait fini par renvoyer promener son copain. Vexé, Christian clama qu'il s'y rendrait seul et claqua la porte.

***

Depuis que Lucky avait été mangé par des indigènes, Paulette Blanchard dormait d'un seul œil. Un bruit suspect se fit entendre, ce qui eut pour effet de la réveiller totalement. Elle alluma sa lampe de chevet, hésita à sortir de son lit puis, après quelques minutes de silence, décida de se rendormir. Elle le savait, ça n'allait pas être simple mais elle refusait d'avaler un de ces médicaments qui inévitablement l'assommerait. Paulette regarda son réveil et s'aperçut qu'il n'était que deux heures du matin, autant dire la pleine nuit. L'incident de la veille l'avait passablement tourneboulée ; elle en était certaine, ses voisins chinois préparaient un mauvais coup. Dès son réveil, il faudra bien qu'elle se rende à la gendarmerie pour alerter les autorités que quelque chose se tramait dans son quartier. Quand soudain, un nouveau bruit la fit sortir de ses pensées :

— Y a quelqu'un ? cria-t-elle pour se rassurer.

Ne recevant évidemment aucune réponse, elle décida d'aller voir ce qui se passait dans la cuisine : rien ! Avant de s'être couchée, elle était descendue à la cave afin de couper le compteur d'eau pour ne plus entendre la chasse d'eau chuchoter, peut-être n'avait-elle pas bien refermé la porte qui immanquablement avait crissé ? Elle alluma à nouveau sa lampe de chevet, sauta dans ses pantoufles roses et ouvrit la porte de sa chambre. Un nouveau bruit se fit entendre, cette fois-ci dans la chambre du fond, celle dans laquelle sa sœur venait dormir autrefois. Elle se souvint qu'elles l'avaient tapissée ensemble, un papier peint avec des fleurs bleues ; il faudra qu'elle le change prochainement. Elle détestait ces fleurs bleues ! Paulette s'approcha doucement, certaine désormais d'avoir affaire à un cambrioleur. Jamais elle n'avait eu peur des autres et si toutefois un de ces bandits « jaunes » avait l'audace de pénétrer chez elle, elle se ferait un devoir de les mettre hors d'état de nuire. Elle n'hésiterait pas à révéler son identité et à porter plainte. Il passerait un sale quart d'heure et devrait payer pour les dégâts causés. Il apprendrait de quel bois elle se chauffe, on ne s'attaque pas impunément à Paulette Blanchard ! Puis elle pensa qu'elle devait déjà aller voir la police pour une autre affaire, elle ferait donc d'une pierre deux coups. Evidemment, si Lucky avait été là, l'animal aurait aboyé et donné l'alerte comme seul un bon chien sait le faire. Lucky aurait mordu, il n'aurait pas lâché. Lucky vivant, personne ne se serait aventuré dans cette maison !

Paulette s'approcha de la chambre aux fleurs bleues dans laquelle elle percevait nettement de l'agitation ; elle le tenait ! Et lorsqu'elle poussa violemment la porte, deux malfrats se retournèrent aussitôt, surpris en flagrant délit. La vielle sinoque commença à balancer sa canne dans tous les sens afin de porter le coup fatal à ses agresseurs. Elle le savait, elle était dans son bon droit ; nul n'était autorisé à rentrer chez elle sans son consentement et ces deux-là n'avaient pas été invités ! Ils étaient vêtus de noir et portaient des cagoules. L'un d'eux était très certainement une femme, sa taille et son regard ne pouvaient tromper personne. Voilà qui serait intéressant comme indice à fournir à la police. Elle décida qu'il valait mieux s'acharner d'abord sur l'homme, elle pourrait ensuite s'occuper de cette harpie. Comment une femme, si pauvre fut-elle, pouvait-elle se lancer dans une telle entreprise, voler une pauvre et honnête citoyenne ? Elle l'avait toujours dit : « Ne vous fiez à personne dans ce pays ! ». Décidément, ce monde ne tournait plus très rond.

Tôt le lendemain matin, Sophie se réveilla avec un poids sur le cœur. Paul n'avait-il pas été un peu dur avec Paulette. Elle savait que cette dernière était allée beaucoup trop loin, la pauvre femme tournait mal. Plus elle avançait en âge, plus elle devenait gâteuse. Sophie et son mari avaient tout fait pour lui être agréables mais le déclin de Paulette laissait penser qu'elle était devenue dangereuse pour elle-même. Sophie se dépêcha de se préparer et, regrettant la tournure des choses, s'en alla frapper à la porte de sa voisine.

Quelle ne fut pas la surprise de Sophie lorsqu'elle vit la porte d'entrée. De toute évidence, elle avait été forcée avec un objet métallique. La boiserie était éclatée de haut en bas. Sophie se précipita à l'intérieur de la maison pour y chercher Paulette. Elle commença à droite, dans la cuisine, n'y vit personne ; elle fonça aussitôt vers la chambre à coucher. Dans la chambre comme dans la cuisine, tout était sens dessus-dessous. Les cambrioleurs n'avaient pas ménagé leurs efforts. Dans la salle de bain, rien ! Quand Paulette lui apparut enfin, la pauvre femme était attachée sur une chaise avec du ruban adhésif. S'étant débattue, la chaise avait chaviré et sa tête reposait sur la moquette à fleurs. Un bâillon l'avait empêchée d'appeler à l'aide, Sophie le retira prudemment. La vieille femme respirait, elle semblait dormir d'un sommeil profond. Aussitôt, elle décrocha son portable et fit le 18. Elle se demandait encore si c'était le 17 ou le 15 qu'il fallait composer, quand, enfin, quelqu'un décrocha. Elle expliqua brièvement la situation, la personne du Samu la rassura aussitôt, l'alerte était lancée, les secours arriveraient d'un instant à l'autre. Sophie dut confirmer deux fois le lieu et l'adresse. Puis on lui demanda de raccrocher et surtout de ne rien toucher dans la maison. Le temps d'attente lui parut interminable et son bébé semblait tout aussi affolé qu'elle-même. Dans son ventre, l'enfant à naître donnait des coups obligeant sa mère à s'asseoir. Une fois les secours arrivés, Sophie fut emmenée à la maternité.

***

Sophie accoucha d'un petit garçon. Les deux filles choisirent le prénom : Barnabé. Paul Marielle était le plus heureux des hommes. Enfin un autre homme à la maison ! Ça allait passablement compenser l'inégalité paritaire qui s'était peu à peu installée dans cette maison. Enfin, il y aurait des trains électriques, des voitures de pompiers, et peut-être même un cancre qui arracherait la tête de l'indétrônable Barbie !

Avant son accouchement, Sophie avait surveillé les allées et venues de son mari. Il se montrait attentif et bon père. Rien dans son comportement ne laissait penser qu'il pouvait avoir une maîtresse qui l'attendait. Paulette ne s'était-elle pas trompée ou n'était-ce pas là une de ses manœuvres pour le discréditer ? Etait-ce bien Paul, l'homme qu'elle avait vu sur le parking de Netto ? Sophie commençait à douter. Les propos de Paul concernant cette Béatrice révélaient de nombreux points de réserve, bien que, précisait-il, leur relation professionnelle avait été jusqu'alors plutôt bonne. Une forme de double langage dont son mari était capable, elle le savait.

***

Le chiffre de sept fournisseurs inconnus se confirma. Après avoir effectué les recherches, l'expert-comptable découvrit que quatre-vingt-dix-huit mille euros avaient été débités l'an passé sur trois comptes qui, très probablement, avait été créés de toute pièce par la comptable. En poussant leurs investigations sur les trois dernières années, c'est la somme de deux cent vingt-trois mille euros qui s'était évaporée. Roger Pichon était fou. Le choc était rude. Comment était-ce possible ? Il n'en revenait pas.

Madame Manceau était prête à accuser la terre entière pourvu que ce ne soit pas elle qu'on incrimine. Jusqu'au bout, elle usa de sa mauvaise foi légendaire.

Quand Roger Pichon avertit Paul qu'il devait se préparer pour le premier entretien préalable au licenciement de madame Manceau, il fut convenu que le motif de « faute lourde » serait retenu. Selon le PDG, par son aveuglement, elle était l'artisan de ce désastre et elle devrait en assumer la responsabilité. Bref, il fallait un fusible et ce serait elle.

***

C'était un soir, Christian était entré en repérage pour parfaire son plan. Sans doute s'était-il lancé dans cette entreprise un peu précipitamment puisque rien ne se passa comme il l'avait prévu ; un incident inattendu fit choir son merveilleux plan avant même qu'il n'ait réellement commencé.

Depuis le trottoir d'en face, planqué derrière une automobile en stationnement, il observait la maison au volet vert et, comme chaque soir à cette heure, la vieille dame apparut à sa porte avec à la main, en laisse, son chien de compagnie. Ils sortaient de la maison pour la promenade quotidienne quand, soudain, le téléphone sonna. La grand-mère fit volte-face et, malencontreusement, le chien lui échappa. Le petit animal ne se fit pas prier, il profita de ce moment de liberté pour filer, n'oubliant pas de marquer son passage, ici et là, d'un jet de son cru. Ni une, ni deux, le cerveau du « sans logis » détecta une occasion inespérée, il s'empara de l'enrouleur qui suivait le roquet ce qui n'empêcha pas l'animal de poursuivre sa course. La sangle s'allongea de plusieurs mètres avant de stopper net. La secousse freina le petit chien qui fit une cabriole. Contrarié qu'un inconnu intervienne dans sa course folle, le roquet se précipita vers l'agresseur, les crocs en avant à la manière d'un méchant cerbère. A moins d'un mètre des jambes de l'individu, le chien s'arrêta net. L'animal excité entreprit d'aboyer si fortement que Christian craignit qu'il n'attire l'attention. Il chercha à effaroucher l'animal, ce qui eut pour conséquence immédiate de l'énerver encore davantage. Christian lâcha la laisse lorsqu'une voiture arriva à vive allure dans la rue ; le petit chien eut la mauvaise idée de vouloir rejoindre la maison de sa maîtresse. Le choc fut brutal. La voiture ne cilla pas et poursuivit son chemin. Désemparé, Christian ramassa délicatement l'animal agonisant. Le petit chien cherchait sa respiration, le clochard décrocha le collier de l'animal espérant ainsi faciliter sa respiration. Que fallait-il faire ? Un autre véhicule s'approcha, au ralenti cette fois-ci. Vraisemblablement, le conducteur cherchait un stationnement. Il s'apprêtait à réaliser un créneau. Quelle aubaine ! Par chance, l'éclairage public était défectueux. Sans perdre une seconde, Christian déposa l'animal paralysé à l'emplacement resté vacant. La place de stationnement devint rouge. La voiture négocia un premier virage puis un second, enfin elle trouva parfaitement sa place. La lumière rouge s'éteignit, c'est le moment que choisit Christian pour donner un bref coup de poing sur la carrosserie du véhicule, une blague à laquelle, lui et un copain clodo, jouaient lorsqu'ils arpentaient les rues et qu'une conductrice avait le malheur de croiser leur chemin. Cette fois-ci, s'il ne se faisait pas prendre, la plaisanterie le sortirait d'une mauvaise passe. Le véhicule stoppa brusquement. Christian se faufila entre les autres voitures, puis, recroquevillé sur lui-même patienta un instant. Il aperçut le conducteur descendre de son automobile afin d'examiner la situation.

Encore une fois, Christian pensa que la malchance le poursuivait. Ce soir encore, il rentrerait se coucher avec le sentiment d'être un bon à rien.

Cet échec l'avait profondément contrarié, le doute n'était plus permis, une malédiction le poursuivait. Christian fit l'inventaire de ses différents déboires et conclut que le monde animal lui en voulait depuis toujours : à commencer par les poux, morsures griffures piqûres, depuis sa tendre enfance, toutes ces sales bêtes ne l'avaient jamais épargné.

Comment était possible ? Il aurait voulu confier son secret à quelqu'un mais qui pouvait entendre sa confession ? Pourquoi le mauvais sort s'acharnait-il sur lui plutôt que sur d'autres ?

Désormais la mort du petit chien le hanterait le reste de ses jours.

***

Une fois le pot aux roses découvert, le scandale fit la une des journaux. La famille Pichon avait un genou à terre, son nom était dans toute la presse régionale. Comme Roger Pichon ne pouvait faire face au nombre croissant de journalistes qui faisaient le pied de grue aux abords de l'entreprise, Paul Marielle proposa son aide pour tenter de calmer les médias.

Anaïs, Maïween et Sophie furent les premières spectatrices du journal télévisé sur France 3 région. Après que le présentateur ait eu résumé le gros de l'histoire évoquant un cas d'escroquerie en bande organisée dont avait été victime la célèbre société de plats préparés Délicious, il précisa que les malfaiteurs avaient détourné des fonds pendant plusieurs années, une somme très importante dont le montant n'était pas encore confirmé mais d'après certaines fuites, on évoquait un butin s'élevant à des centaines de milliers d'euros. Le commentateur précisa que le grand chef d'entreprise avait refusé de parler directement au micro ; Paul Marielle, un responsable avait néanmoins été délégué pour répondre aux questions du reporter de la chaîne.

— C'est quoi « délégué » ? demanda Maïween.

— Chuuuuuut ! fut la seule réponse de sa mère et de sa sœur.

Paul apparut derrière le micro de la télévision régionale, son nom et sa fonction étaient lisibles en bas du petit écran. Il expliqua calmement que l'entreprise avait été abusée par au moins deux salariés et que la police financière enquêtait toujours sur la destination de ces fonds dérobés. La famille Pichon, propriétaire de l'entreprise Délicious, avait ce jour même, décidé de porter plainte avec constitution de partie civile. Paul précisa que la direction de l'entreprise faisait savoir que malgré les difficultés auxquelles elle devait faire face, cela n'entraverait en rien la bonne marche de l'entreprise. L'employé délégué ne mentionna aucun chiffre malgré l'insistance des journalistes pour qui la valeur détournée importait davantage que le préjudice lui-même. Aussitôt l'interview terminée, le présentateur vedette reprit l'antenne au grand désespoir des deux fillettes fières de voir leur père passer à la télévision.

— C'est tout ! s'écria Maïween, mais ils n'ont même pas parlé de Lucky !

— Mais, t'es bête, ça n'a rien à voir ! s'écria sa sœur aînée.

Barnabé se mit à pleurer.

***

Après cet épisode bien embarrassant et en accord avec la société Carepar, il fut décidé de reporter la vente de Délicious.

Roger Pichon proposa le poste de responsable administratif à Paul Marielle. Celui-ci remercia le PDG pour cette offre fort alléchante et demanda quelques jours de réflexion. Il se demandait surtout si l'heure n'était pas venue de quitter le navire.

***

Paul avait prit le temps de tout raconter à sa femme : le bébé s'était endormi et les filles étaient couchées, il reprit tout depuis le début. Resté évasif sur sa collaboration avec Béatrice Bretodeau, il admit néanmoins qu'elle l'avait sans doute dragué à un moment donné, sans toutefois jamais tomber dans son piège. Il insista sur le fait qu'il avait très vite eu conscience que cette femme représentait un danger mais de là à imaginer ce qu'elle trafiquait dans le dos de tous...

Paul comprit assez vite qu'il cherchait à se justifier d'une faute qu'il n'avait pas commise, il décida de changer de sujet. C'est ainsi qu'il se lança dans l'explication concernant la vente de

Délicious, tout était tellement secret que chaque entrevue avec le cabinet Carepar devait avoir lieu dans un hôtel Logis de France, éloigné de la ville.

Là encore, il s'aperçut qu'il prenait dans un chemin tortueux. Le dernier sujet qu'il décida d'aborder fut l'affaire « Lucky et le fameux colis ». Après avoir raconté sa version et essuyé une tonne de reproches, Sophie vint compliquer la situation :

— Tu dis donc que quelqu'un aurait délibérément tué le chien de Paulette puis l'aurait déposé derrière la roue de ta voiture pour faire passer son méfait en parfait accident et qu'ensuite, elle nous aurait déposé un colis contenant le collier sans laisser la moindre explication. Tu ne trouves pas cette histoire un peu farfelue ?

— Mais c'est la stricte vérité, tu peux demander à Kénichi, il était témoin !

— Ah oui, Kénichi ! Ton témoin ! Autant demander à Mister Bean !

Rien n'y faisait, il était coupable de tout. A chaque explication, il sombrait un peu plus. Les silences de Sophie en disaient long sur son scepticisme. Elle préféra porter secours à son fils qui hurlait de colère.

***

Paul eut une idée : Il rechercha le numéro de téléphone de Julie Galland.

— Allô, excusez-moi, je vous dérange peut-être, euh, Paul Marielle au téléphone, vous vous souvenez, on s'est vus l'an passé chez Délicious…

— Ah oui ! Bonjour, je me souviens très bien de vous, Paul. Oh ! excusez-moi, je voulais dire « monsieur Marielle »

— Non, non, pas de problème !

— Vous m'appelez pour l'affaire en cours ? Je vous ai vu à la télé. Quelle affaire !

— Euh, oui, non, enfin j'aimerais vous parler ; en savoir plus sur ce qui s'est passé avant moi. Peut-être pourrions-nous nous voir pour en discuter ?

— Euh non, je veux... Je ne peux pas ! Vous savez, cette histoire avec la responsable...la Manceau !

Sans trop réfléchir, Paul lança un argument en mesure de la faire changer d'avis :

— Ah ! J'ai peut-être une nouvelle qui vous fera plaisir ! Nous venons de procéder à son licenciement... Pour faute lourde !

A l'autre bout du fil, les yeux de Julie Galland s'embrumèrent, une larme coula sur sa joue. Paul l'entendit renifler. A l'évidence, la nouvelle la bouleversait. C'est en sanglotant qu'elle reprit :

— Alors, vous avez réussi à la virer ! En effet, je dois avouer que ça me fait plaisir, vous ne pouvez pas imaginer... Cette femme est détestable, elle n'a que la monnaie de sa pièce !

— Je suis, en grande partie, de votre avis !

— Où pourrait-on se rencontrer ?

— Je vous invite à déjeuner, quel jour vous arrangerait ?

— Demain midi, je serai à la cafétéria Auchan.

— D'accord, j'y serais à douze heures trente.

—

10

Roger Pichon fit venir Monique Manceau dans son bureau, ils devaient parler.

— Monique ! Ne crois-tu pas qu'il serait temps de tirer ta révérence ?

— Quoi ? Comment ça ma révérence ? Tu veux me virer ?

— Tout de suite les grands mots ! Non, à vrai dire, j'aimerais te convaincre de renoncer. Nous avons bien travaillé ensemble durant toutes ces années mais c'était une autre époque ; de nos jours, tout va plus vite et parfois, toi et moi, nous passons pour des vieux cons. Tu sais, bientôt mon tour viendra, je ne compte pas m'éterniser longtemps, un an, deux ans tout au plus. Crois-moi, j'ai des projets et ce ne sera pas dans cette entreprise. A ce propos, dis-moi Monique, combien de fois as-tu vu ta fille l'an passé ?

— Deux fois !

— Et tes petits enfants ?

— Une fois, mais c'était bien suffisant. Je n'existe que pour les étrennes… Ils n'ont jamais su dire des mots comme bonjour, au revoir, merci…

— D'accord. Et tu estimes qu'ils doivent te respecter un peu plus !

— Evidemment !

— Mais que fais-tu pour mériter leur respect, toi qui ne vas les voir que deux fois par an !

— Du temps de mes grands-parents…

— Je t'arrête, ce temps-là aussi est révolu ! Personnellement, les souvenirs de mes grands-parents ne sont pas brillants. J'ai envie que mes petits-enfants aient une bonne opinion de moi et je décide d'œuvrer dans ce sens. Donc, s'ils ne viennent pas à moi, je vais à eux !

Un silence s'installa. Roger Pichon reprit :

— Que fais-tu de ton temps libre ?

— Mais c'est un interrogatoire, ma parole !

— Mais non ! Dis-moi, que fais-tu le dimanche ?

— … Il m'arrive parfois d'aller à la messe ; mais je ne suis même pas certaine de croire en Dieu. J'aime bien Michel Drucker même si ce sont souvent les mêmes invités. Parfois, aux beaux jours, je vais à la mer, j'y ai un appartement qui sert surtout à ma fille et aux enfants. J'ai horreur de la montagne. J'aimerais bien faire une croisière dans les fjords de Norvège, il paraît que c'est magnifique, surtout en juin.

Il y eut un nouveau silence… Roger Pichon avait vu juste, Dieu que cette femme était seule !

— Voilà ce que je te propose… Je me suis renseigné à ton sujet ; il ne te manque qu'une dizaine de trimestres pour ton droit à la retraite. Je suis disposé à te les payer. On fera un pot de départ si tu le souhaites et tu pourras partir en Norvège, je te paierai ton voyage…

— Oui, j'ai compris, tu me fous à la porte !

— Pas tout à fait, je t'encourage à prendre ta retraite avec, il est vrai, un peu d'avance.

— J'ai pas fait du bon travail pendant toutes ces années ?

— Plutôt bon, il y a longtemps. Depuis quelque temps, tu déconnes sérieusement !

— Non, je ne partirai pas à la retraite avant mon heure et ton voyage tu peux te le mettre où je pense !

— D'accord... Alors on va la jouer autrement : tu vois sous ma main droite se trouve un chèque correspondant à ce dont je viens de te parler, avec un bon bonus. Là, sur le coin de ce bureau, j'ai un dossier complet qui relate assez précisément tes derniers exploits.

Le PDG y posa sa main gauche.

— Je dirais que devant un conseil des prud'hommes le risque est de 50/50. J'aurai pour ma part quelques frais d'avocat mais je fais le pari que cela me coûtera moins cher que le chèque sous ma main droite...Beaucoup moins cher !

Monique Manceau réfléchit un court instant et déclara :

— Bon d'accord, j'opte pour ta main droite, je n'ai pas envie de me battre avec toi, et n'imagine pas un instant que j'ai peur de perdre ! Mais permets-moi une dernière exigence : je passe dans mon bureau, je prends mes effets personnels, je signe tous les papiers de la transaction — j'imagine que Paul Marielle a dû soigneusement les préparer en se délectant— et je pars. Je ne veux pas de ton pot de départ ni de ce billet de vacances. Ainsi, nous serons quittes et je ne remettrai jamais les pieds dans ce bâtiment, n'est-ce pas ce que tu veux ?

— Parfait ! Merci Monique.

***

Paul entra dans la cafétéria et aperçut Julie Galland déjà attablée. Il garnit rapidement un plateau repas et passa à la caisse avant de la rejoindre.

— Pourquoi donc êtes-vous passée à la caisse, j'aurais été ravi de vous inviter !

— Merci, c'est gentil mais je dois repartir rapidement ! Je reprends dans moins d'une demi-heure, le temps de faire la route...

Paul comprit que cet entretien serait de courte durée, il lui faudrait abréger les questions et se contenter de réponses imprécises, si toutefois l'ancienne responsable RH voulait bien parler. Mais rien ne se passa comme il s'y attendait :

— Ecoutez Paul, vous permettez que je vous appelle ainsi ?

— Bien sûr, je vous en prie !

— J'ai une information sur Béatrice Bretodeau qui pourrait bien plaider en sa faveur ; enfin je veux dire qu'elle avait peut-être une bonne raison de commettre un tel acte même si, naturellement, je le désapprouve.

— Je ne vois vraiment pas ce qui peut pousser quelqu'un à commettre un délit au risque de passer plusieurs années en prison. Entre nous, le jeu n'en valait pas la chandelle...

— Pas si certain ! Ce que je vais vous confier, je ne suis pas censée vous le dire. J'en ai fait la promesse à Béatrice et je me ronge les doigts de trahir sa confiance.

Evidemment, Paul était tout ouïe.

— Nous nous entendions très bien elle et moi ; je dois dire qu'elle m'a bien réconfortée quand l'autre vache n'arrêtait pas de me harceler. Son soutien m'apportait beaucoup et peut-être que sans elle, j'aurais jeté l'éponge, si vous voyez ce que je veux dire...

Paul crut comprendre qu'elle avait été au bord du suicide ce dont il ne doutait pas. Julie reprit :

— Dans son dossier vous auriez dû trouver un certificat d'inaptitude au travail mais je l'ai déchiré lorsque je suis partie. J'ai alors pensé que, si vous étiez digne de confiance, elle pourrait vous dire de vive voix ce qui la menaçait. Béatrice est venue me voir il y a quelques jours, peu avant que le scandale n'éclate dans la presse. Je ne l'avais revue que deux ou trois fois depuis ma démission, la dernière fois, elle m'a confié que si elle s'entendait plutôt bien avec vous, elle n'était pas prête à vous parler de ses problèmes.

Paul écoutait et réfléchissait en même temps. Béatrice avait récemment refusé de voir le médecin du travail, expliquant qu'elle était débordée : « Il me verra plus longtemps l'an prochain » avait-elle ajouté joyeusement. Malgré ce que lui disait Julie, il pourrait toujours prendre rendez-vous avec le médecin du travail et le questionner. Evidemment, celui-ci était tenu au secret médical, mais il arrivait parfois que, dans l'intérêt de tous, on évoque certains problèmes.

— Attendez, Julie, si vous croyez devoir vous taire, je ne vous demande rien !

— J'y ai longuement réfléchi la nuit dernière, après ce qu'elle vient de faire, je pense que je dois parler. De toutes manières, vous l'apprendrez tôt ou tard.

— …

— Voilà ! Elle m'a confié avoir eu un cancer de l'utérus à ses vingt ans. Après une période extrêmement pénible, les médecins lui ont parlé d'une rémission. Malgré cette épée de Damoclès permanente au-dessus de la tête et le risque de rechute, elle décida de vivre pleinement avec son conjoint. Comme vous avez pu le constater, Béatrice était…pardon, « est » une femme pétillante. Quelques temps avant mon départ de chez Délicious, elle m'a dit qu'une nouvelle tumeur lui avait été diagnostiquée. Son médecin lui aurait annoncé un pronostic vital inférieur à deux années, mais ayant déjà vécu au-delà de ses propres espérances, elle a pris la mauvaise nouvelle avec sérénité. Une sorte d'acceptation ou... de résignation ; mais surtout, elle m'a confié ne pas vouloir se faire soigner.

Paul n'en pouvait plus. Ce qu'il entendait lui était insupportable. Ses yeux s'embrumèrent et il dut les essuyer.

— J'avoue être chamboulé ! Je ne m'attendais pas à cela, pardonnez-moi, je suis ému !

— Oh, je le comprends ! Moi-même, j'ai pleuré toutes les larmes de mon corps lorsqu'elle m'a raconté cela.

Paul essuya ces larmes qui venaient de trahir sa véritable nature. Pendant un an, il avait travaillé aux côtés de cette femme, ils avaient été proches, et jamais il n'avait soupçonné un quelconque secret de ce type. Mais pourquoi donc s'en était-elle cachée ? Cette interrogation le ramena à la question centrale, les raisons qui l'avaient poussée à commettre l'irréparable. Julie avait tort, rien ne valait qu'on prenne autant de risques. Même si la mort la guettait chaque matin, Béatrice et son ami seraient désormais des hors-la-loi, des criminels pourchassés, des indésirables où qu'ils aillent. C'est alors que Paul se souvint de ce que lui avait dit Denis Prébois :

— J'y repense, Denis Prébois m'avait confié que Béatrice avait un enfant, est-ce vrai ?

Julie marqua un temps, puis elle dit :

— Je ne l'ai jamais entendue évoquer l'existence d'un quelconque enfant, mais les propos que peut tenir Denis Prébois n'engagent que lui. Pour ma part, je ne l'ai jamais considéré comme digne de confiance. Paul acquiesça.

— Avez-vous revu Béatrice depuis ? Vous a-t-elle donné un prochain rendez-vous ? osa-t-il demander.

— Non, je vous le promets et je doute qu'elle ne réapparaisse de sitôt !

— Promettez-moi une chose, Julie. Si toutefois elle donne signe de vie, ne l'aidez en aucun cas, vous deviendriez sa complice. Je comprendrais que vous ne vouliez pas la dénoncer mais faites bien attention où vous mettez les pieds. Ce que vous avez fait jusqu'à présent n'a rien de répréhensible, j'aurais sans doute fait la même chose à votre place. Mais rien ne justifie leurs méfaits et Dieu seul sait où cela les mènera. Cette cavale les entraînera sur des chemins tortueux ; ils ne gagneront pas, c'est certain. Très vite, ils vont être acculés, désespérés, et que feront-ils à ce moment là ? Commettre un autre crime ? Si j'avais un conseil à leur donner maintenant, il serait de se rendre à la police. Qu'elle veuille ou non se faire soigner ne l'autorisait pas à agir ainsi !

— Vous avez sans doute raison Paul. J'y réfléchirai. Là, désolée, je suis en retard, je dois m'en aller.

Ils se saluèrent, Paul en était persuadé: dans un court délai, ils seraient amenés à se revoir.

***

Ce matin-là, Christian dormait à poings fermés, un immense brouhaha vint le sortir de ses rêveries. Blotti dans sa couverture sur la banquette arrière de la BX, il n'était pas sept heures lorsque la porte du garage s'ouvrit en grand. Le SDF releva le nez afin d'étudier la situation. Il n'en crut pas ses yeux : deux gendarmes commençaient à inspecter le garage. Son corps roula lentement pour se fondre entre les deux sièges. Une des vitres de l'automobile était entrouverte laissant passer un peu d'air :

— En voilà une qui n'est pas passée au contrôle technique depuis longtemps ! dit l'un des gendarmes.

A la voix, Christian comprit qu'il s'agissait d'une femme.

— Tu crois que la batterie est encore bonne ?

— A qui veux-tu vendre une épave comme ça ? Ça ne vaut rien sur le marché !

— Elle est pourtant en super état, je te parie qu'elle n'a presque rien roulé !

— Regarde au compteur !

La porte du conducteur s'ouvrit, Christian était déjà recroquevillé sur lui même, il se comprima encore plus, espérant devenir invisible :

— Elle est ouverte, ce n'est pas très prudent !

L'autre se mit à rire :

— 33654 bornes ! La vache, elle est comme neuve ! L'intérieur à l'air propre...Mais qu'est-ce que... Putain, y a quelqu'un !

Christian fut prié de sortir du véhicule et fut accompagné jusqu'au panier à salade. L'agent lui demanda de présenter ses papiers.

— Pourquoi, j'vous donnerais mon identité, je n'étais même pas au volant ! De toute façon, j'ai pas le permis !

— Que faisiez-vous dans cette voiture ?

— Ben, vous avez vu, j'dormais, j'faisais pas de mal moi !

— Avez-vous l'autorisation de la propriétaire pour dormir là ?

— Ah, vous ne la connaissez pas ! Inutile de lui demander ce genre de chose, c'est une folle complètement gâteuse !

— Vous la connaissez ?

— Assez bien, oui !

— Quand l'avez-vous vue pour la dernière fois !

— Euh, attendez que je réfléchisse, en fait, j'sais plus très bien, ça fait longtemps, deux ans, peut-être plus ! En fait, je l'évite. Le gendarme nota sur son carnet avant de poursuivre l'interrogatoire :

— Vous n'avez rien entendu la nuit dernière ?

— J'aurai dû entendre quoi ?

— Du bruit !

— À quelle heure ?

Le gendarme voyait bien que toutes ces questions n'étaient que pure perte de temps ; ce type n'avait rien d'un cambrioleur. Il n'aurait pas fait de mal à une mouche. Il poursuivit cependant l'interrogatoire sous le contrôle de sa collègue.

— Bon, vous ne m'avez toujours pas montré vos papiers !

Christian finit par obtempérer ; il chercha dans sa profonde poche intérieure, et extirpa une pochette plastifiée dont il sortit le précieux document. Le policier le saisit et l'examina sous toutes les coutures.

— Mais ? je ne comprends pas ! ... Vous êtes domicilié ici ?

— Ben oui, et alors, c'est interdit ?

— Mais pourquoi dormez-vous dans ce garage, vous n'avez pas un lit dans la maison !

— Bah, avec cette vieille vache, il n'en est pas question, je suis mieux ici !

— Pour votre information, elle a été hospitalisée ce matin, je doute qu'elle revienne de sitôt...

Christian eut un air étonné.

— Ah ! qu'est-ce qui lui est arrivé à cette vieille carne ?

— Des gens malintentionnés sont entrés chez elle cette nuit et l'ont passablement brutalisée. Et vous me dites que vous n'avez rien entendu !

— C'est que j'en tenais une bonne, hier soir. C'est rare, mais après le Bataclan, les potes et moi, on était démoralisés, alors comme Gégé avait touché un peu d'oseille, il nous a offert la boisson pour la soirée.

— C'est qui Gégé ?

— Gégé ! Ah, c'est un de mes bons potos !

— Et, il le tire d'où son oseille ?

Christian haussa les épaules mais la question n'était pas tombée dans l'oreille d'un sourd. Il eut comme un nœud dans son cerveau. Il se souvint que, quelques semaines plus tôt, il avait lui-même proposé à son ami de longue date, de cambrioler la vieille. Et il se rappela que son ami, la veille au soir, avait lourdement insisté pour ouvrir une nouvelle bouteille. Certes, comme tous les Français, cette histoire du Bataclan l'avait troublé, mais de là à se bourrer la gueule, c'était peut-être un peu exagéré. Mais n'était-ce pas une diversion organisée par Le Requin, visant à le mettre hors jeu, afin de faire le coup sans lui ?

Que devait-il faire ? Tout avouer aux flics, ou chercher Le Requin afin de récuperé sa part ? D'ailleurs, cette oseille en question, qui sait comment il se l'était procurée ?

— À quelle heure ma grand-mère s'est-elle fait cambrioler ?

— Nous ne l'avons pas encore interrogée, nous passerons à l'hôpital cette après-midi.

* * *

Paulette Blanchard resta près de trois mois dans une maison de convalescence. Sophie se fit violence et alla la visiter quelques jours après sa sortie de la maternité. Pour l'occasion, elle avait confié son bébé à Kino qui s'était fait un plaisir de garder l'enfant. Lorsque Sophie entra dans la chambre, elle surprit

Paulette Blanchard en pleine conférence avec sa voisine de chambre. La jeune femme s'enquit de sa santé mais pas une seule fois, la vieille ne demanda où était passé le gros ventre de Sophie. Sans doute avait-elle déjà oublié cet épisode. En revanche, elle ne mesurait pas sa rage envers ses agresseurs. Selon elle, ils avaient profité de son grand âge pour la maltraiter. Des coups dont elle souffrait encore lui avaient été portés ; Sophie remarqua quelques bobos mais rien d'impressionnant. Toutefois, Paulette tint à préciser qu'elle avait porté de nombreux coups à ses agresseurs dont ils se souviendraient longtemps. L'autre dame aux cheveux violets écoutait avec une grande attention les calomnies de Paulette, acquiesçant à chaque fin de phrase. Manifestement, la victime avait été entendue par la police qui lui avait posé de nombreuses questions. Le compte-rendu qu'en fit la plaignante était censé être éloquent : la plus grande des deux policières venait d'arriver dans la région, Paulette rappela qu'elle venait de Normandie, à moins que ce soit de Picardie vu qu'elle avait parlé du Havre ! bref, la grande lui avait affirmé que d'après les relevés d'empreintes, ils devaient être trois cambrioleurs, peut-être même quatre. Vous pensez, quatre criminels pour une femme seule !

Paulette avait sa théorie, le troisième homme devait surveiller à l'extérieur pendant que les deux autres cherchaient de l'argent.

— Vous n'avez pas dit qu'ils étaient quatre !

Sans relever la remarque, la vieille femme continua son exposé des faits :

— Je ne l'ai pas dit à la police mais je sais qui est à l'origine de ce vilain coup. Je l'ai reconnue avec ses cheveux roux qui dépassaient de sa cagoule. Je me doutais qu'ils viendraient un jour pour me voler mon argent.

— Ah bon, c'était qui ? demanda sa voisine de chambre sans toutefois obtenir de réponse.

— Ils pouvaient toujours chercher, jamais je ne leur aurais dit où je cache mes économies. La fille, celle qui avait les cheveux roux, elle m'a dit comme ça, si vous me dites pas où vous planquez le fric, je fous le feu à la maison ! Ensuite, elle est allée au garage pour y chercher l'essence de la tondeuse mais le bidon était vide. Ça, c'est de la faute de Paul, c'est lui qui est censé tondre ma pelouse et remplir le bidon !

— C'est donc votre bienfaiteur, conclut Sophie.

— Quand il m'aura réparé la chasse d'eau, je réviserai peut-être ma position! Au fait, vous avez fait réparer ma porte, les gendarmes m'ont dit que ces gangsters l'avaient arrachée.

— Oui, Paul a fait le nécessaire, il a même tondu votre gazon !

— Mais est-ce qu'il a réparé mes toilettes ?

— Je ne pense pas, non, il attend que vous lui demandiez !

— Mais je lui ai déjà demandé, il n'a pas voulu m'aider.

La conversation tournait en rond et Sophie commençait à s'impatienter. Ayant hâte de retrouver son bébé, elle annonça son départ.

— Déjà ?

— Oui, je dois partir, j'ai des courses à faire avant la sortie de l'école. Je repasserai bientôt…

— Oui, ils disent tous ça, protesta l'autre vieille femme.

***

Lorsque Paul rentra chez lui, il était lessivé. Ils dînèrent en famille et les filles ne tardèrent pas à aller se coucher. En cette fin d'année 2015, la France recevait la COP 21, 21è conférence des Nations Unies sur les changements climatiques, à Paris ; l'évènement passionnait Sophie, contrairement à Paul qui ne semblait guère emballé par cette actualité traitée à la télé ce soir-là ; Sophie proposa alors de regarder un DVD. Ils tombèrent d'accord pour « Le tigre et la neige » de Roberto Bénigni. L'acteur-réalisateur italien le réjouissait. Bien que très fatigué, Paul savait qu'il ne trouverait pas le sommeil. Le film débuta sur les chapeaux de roue : comme toujours chez Benigni, le spectateur en a pour son argent, le burlesque et la poésie s'entremêlant pour le plaisir des grands et des petits ; et là encore, l'acteur-clown en faisait des tonnes !

Après un quart d'heure, Sophie se mit à rire aux éclats, Paul l'imita. Quelques minutes plus tard, riant à nouveau aux éclats, il l'imita encore. Sophie prit la télécommande et stoppa net le film :

— Qu'y a-t-il ? Pourquoi arrêtes-tu le film ? demanda Paul.

— Peux-tu me dire le prénom de la femme qui joue dans ce film ?

Paul n'en avait pas la moindre idée, il n'avait rien suivi du film, Sophie avait horreur de cela.

— Dis-moi ce qui te préoccupe ?

— Non, rien...C'est le boulot. Je suis fatigué, c'est tout !

— Non, il y a autre chose, je te connais. Quelque chose te turlupine...

Il raconta alors sa rencontre avec Julie Galland. Sophie l'écoutait attentivement, curieuse de savoir ce qu'il allait encore trouver comme invention. Immanquablement, cette Béatrice Bretodeau revenait sur le tapis. Quand il eut terminé son récit, il semblait décomposé et peiné. De son côté, Sophie en avait ras la casquette de cette pimbêche. C'était donc ça ! Sa très chère amie Béa avait un cancer qu'elle avait dissimulé à son cher et tendre DRH. Pauvre Balou !

— Tu te fiches de moi ? rétorqua-t-elle.

Paul resta interdit. Quelle mouche venait de la piquer ?

— Et tu crois que je vais encore une fois avaler tes salades ? ajouta Sophie qui venait de se lever du canapé et s'apprêtait à lui faire une crise.

— Mais Sophie, tu ne crois tout de même pas que j'ai inventé...

— Ah, toi non, certainement pas ! Mais que cette chère Julie Galland se soit fait manipuler par cette voleuse, c'est évident ! Tu ne vas pas me dire que tu apportes le moindre crédit à cette histoire grotesque ! Quelle honte d'user d'un sujet aussi grave pour justifier son crime quand tant de femmes sont affectées par ce mal ! Et toi, mon pauvre mari, tu es assez naïf pour avoir tout gobé! dit-elle dans un éclat de voix. Paul avait blêmi tant il était dérouté.

Vexé, il alla se coucher sans chercher à poursuivre cette conversation surréaliste. Comment n'y avait-il pas pensé plus tôt ? Etait-ce possible que Béatrice ait osé inventer une histoire pareille ? Sophie était-elle clairvoyante ou dans l'erreur totale ? Paul sentait son corps se liquéfier au fur et à mesure qu'il recomposait le puzzle. Et puis il eut cette révélation : évidemment que tout ceci n'était que mensonge, il s'en voulut d'avoir été aussi crédule. Pauvre abruti !

Quant à Sophie, elle aussi n'avait plus la tête au film, elle se mordilla les lèvres, était-ce de la colère ou de la honte ? Elle vint se coucher à son tour. Dos à dos, chacun dans ses pensées, ils ressassèrent les évènements.

Longtemps, Sophie pensa à ce qu'elle avait dit à son mari. Elle se mit à douter. Et si tout ceci était vrai ? Et si cette Béatrice était vraiment malade ? Comment avait-elle pu être aussi odieuse ? Sophie mesurait à présent l'étendue de son erreur. La jalousie l'avait aveuglée. Elle se retourna, s'approcha de son mari qui ne dormait toujours pas et se colla contre lui. Il émit un soupir et elle sentit qu'il était contrarié et irrité. Elle resserra son étreinte :

— Pardonne-moi !

***

Le chiffre d'affaires de la société Délicious n'avait guère pâti de l'affaire en cours. Qui, en France, se souciait des déboires d'une petite entreprise de l'agroalimentaire ? Les médias étaient très vite passés à autre chose. Si le service administratif avait pas mal dégusté les semaines passées, l'annonce du départ de madame Manceau avait en revanche apaisé les esprits. L'équipe de la comptabilité avait été largement renforcée afin de faire face aux retards. Paul avait demandé à son patron de lui accorder une sorte de faveur. Le DRH allait embaucher en CDD une connaissance dans le besoin. Ainsi Kino entra à l'essai sous la responsabilité de Sylvie.

Roger Pichon reçut les partenaires financiers afin de les rassurer. Il n'avait guère l'espoir de revoir l'argent dilapidé ; en fonction des résultats de l'enquête, il verrait plus tard avec l'expert-comptable et les commissaires aux comptes pour inscrire le préjudice financier au compte de « Pertes et profits ». Le licenciement de madame Manceau avait un coût très élevé mais le départ de Béatrice Bretodeau ne coûtait rien puisqu'elle n'était pas revenue malgré les messages et les courriers. L'abandon de poste avait été constaté et notifié par courrier, et la lettre recommandée à sa dernière adresse n'avait jamais été décachetée. Chose ennuyeuse, cette comptable resterait dans les effectifs de l'entreprise tant que sa disparition ne serait pas élucidée.

***

Dans un élan d'intégrité, Paul avait fait savoir aux enquêteurs, qu'il était disposé à coopérer lors de l'enquête— C'était idiot, cela n'avait pas réellement de sens— lorsque l'inspectrice chargée de l'enquête lui demanda s'il pouvait l'accompagner pour une visite de la maison de location de Béatrice Bretodeau, il regretta son offre.

Paul était l'une des seules personnes connues des policiers qui ait côtoyé la comptable dernièrement. Naturellement, il avait bien précisé n'être jamais venu chez elle, qu'ils n'étaient que de bons collègues. Ce dernier point avait fait sourire l'inspectrice, ce qui agaça le DRH.

Il apparaissait clairement que le départ des occupants de la maison avait été précipité ; ils n'avaient laissé aucun indice quant à leur destination. Dans la cuisine, un chat était libre de ses allées et venues grâce à une chatière en bas de la porte de service. Le félin s'était apparemment intéressé à la cage de l'oiseau qu'il avait réussi à faire tomber. Une concentration de plumes jaunes prouvait qu'il s'agissait bien d'un serin, le chat en savait probablement davantage sur la disparition du volatile. Le propriétaire de la maison n'avait manifestement pas reçu de préavis, il précisa qu'il ignorait qu'un homme vivait avec Béatrice Bretodeau. Il insista sur le fait qu'elle avait toujours payé son loyer et que par conséquent, il n'était pas intervenu.

— Mais que dois-je faire de tous ses meubles ? Et si elle ne revient pas, comment ça se passe pour la caution ? demanda-t-il.

Ses questions restèrent en suspens, les policiers avaient d'autres chats à fouetter. Dans la boite aux lettres, le courrier et la publicité s'étaient entassés. Les policiers conseillèrent au propriétaire d'en condamner l'accès, ainsi le facteur retournerait les prochaines lettres à l'expéditeur et les distributeurs de publicité cesseraient d'y engouffrer leurs prospectus. Paul observait et écoutait tout en restant en retrait. Il n'avait jusqu'à lors rien vu qui puisse l'intéresser ou le concerner, il finit par se demander ce qu'il faisait là, quand soudain le propriétaire revint avec un carton et du ruban adhésif ; il entreprit de boucher l'accès de la boite aux lettres en appliquant le carton sur la façade et tira sur l'adhésif afin d'entourer la boite.

— Où avez-vous trouvé cet adhésif ? demanda Paul au propriétaire des lieux.

— Là, dans le garage, il y en a tout un carton. C'est mon fils qui travaille chez *Easy Jet* qui m'en ramène de temps en temps et comme j'en ai trop, j'en ai donné un carton à mademoiselle Bretodeau l'an dernier.

Paul se souvint du petit colis qu'il avait reçu deux mois plus tôt : il était bien emballé avec ce même adhésif jalonné du logo à l'inscription orange.

Deux questions vinrent à l'esprit de Paul : combien y-avait-il de rouleaux adhésifs à l'effigie de la marque aéroportuaire dispersés dans cette ville ?

Béatrice pouvait-elle être, de près ou de loin, liée à la mort du chien de Paulette ?

11

Paul pensa à un scénario dont l'exactitude ne restait qu'à prouver. Premièrement, il se souvenait d'avoir évoqué avec Béatrice Bretodeau, moins d'un an auparavant, devant la machine à café, le cas de Paulette Blanchard et d'un hypothétique pactole. Deuxièmement, le chien de Paulette mourait selon toute apparence dans un malencontreux accident. Quelqu'un avait probablement intérêt à voir mourir l'animal qui, en cas de cambriolage, n'aurait cessé d'aboyer. Troisièmement, Béatrice Bretodeau ou l'un de ses complices, Dieu sait pourquoi, lui avait fait parvenir l'ensemble collier et laisse chez lui, et non chez la propriétaire du chien. Pour terminer, Paulette Blanchard n'avait cessé d'affirmer que l'un de ses agresseurs était une femme menue aux cheveux roux. S'il ne dit rien de cette réflexion à Sophie, il se promit d'aller en parler à la police.

Lors de cet entretien avec l'agent enquêteur Paul apprit que les époux Blanchard avaient un petit-fils et que ce dernier dormait régulièrement dans la vielle BX ayant appartenu naguère à ses grands-parents. Lorsque Paul empruntait la tondeuse de Paulette, il avait souvent longé l'automobile poussiéreuse sans jamais se douter qu'un individu pouvait s'y trouver.

— Mais pourquoi ne dort-il pas dans la maison ?

— C'est bien ce qu'on lui a demandé ! Il nous a dit n'être pas en bon termes avec sa grand-mère.

— Oui, évidemment ! Je le comprends !

Dès le lendemain, Paul fit une visite matinale à son nouveau voisin. Lorsqu'il pénétra dans le garage, pensant trouver Christian endormi, ils tombèrent nez à nez :

— Salut ! Je suis le voisin. Je ne voulais pas vous dérange... Les flics m'ont dit que vous logiez là ! Je ne vous ai jamais vu dans le coin et jamais Paulette ne nous a parlé de votre existence. C'est moi qui tonds le gazon, j'ai pensé que...

— Houlà, je vous arrête ! Il n'est pas question que vous me refiliez le bébé ; moi, j'ne jardine pas, c'est compris !

— Non, non, je ne voulais pas dire ça ! Mais un menuisier vient de réparer la serrure. Les cambrioleurs ont laissé un peu de bazar, J'ai juste besoin d'un coup de main pour redresser les meubles.

Christian cherchait le piège et resta muet ; alors, Paul ajouta :

— C'est que légalement la maison est plus à vous qu'à moi ! D'ailleurs, si vous voulez la nouvelle clé, moi, ça me va !

Christian obtempéra, curieux de revoir l'intérieur de cette maison.

— Dites-moi donc ce que vous faîtes dans cette voiture alors qu'un lit vous attend là-haut. Vous savez, Paulette n'est pas prête de rentrer, elle a reçu un sacré coup et elle s'est cassé le col du fémur. Avec ces marches, cela risque de poser un problème !

Le SDF demeura silencieux. Il réfléchissait. Alors Paul proféra un mensonge afin d'ébranler le petit-fils :

— J'ai cru comprendre que votre grand-mère désire mettre la maison en vente !

— Elle peut pas !

— Et pourquoi ?

— Parce que la maison ne lui appartient pas !

Paul resta coi. C'est Christian qui, le premier, rompit le silence pour s'expliquer :

— La maison est celle de nos grands-parents. A la mort de Papy, la moitié de cette maison est devenue la propriété de ma sœur et moi.

— Votre sœur ?

— Oui, ma sœur Béatrice.

Paul laissa tomber le vase qu'il avait dans sa main, l'objet en céramique explosa sur le sol carrelé.

***

Comment refuser l'offre de Roger Pichon ? La proposition était alléchante mais Paul doutait fort de correspondre aux exigences qu'impose un tel poste à responsabilités. Faire mieux que Monique Manceau en matière de mangement semblait être dans ses cordes, mais il fallait admettre que la direction financière était une toute autre chose. Lorsque Paul entra dans le bureau du PDG ce matin-là, celui-ci se leva de son fauteuil et vint à la rencontre de son collaborateur. La poignée de main entre les deux hommes fut ferme et sans ambiguïté. Roger Pichon pria Paul de s'asseoir, l'entretien promettait d'être solennel.

— Mon cher Paul, nous avons subi, ces derniers temps, un revers dont souffrent les entreprises qui ne veillent pas au grain. Tout ceci m'est imputable puisque j'avais, chemin faisant, décidé de fermer les yeux. Mon erreur a eu un coût et si j'avais été un patron salarié, on m'aurait remercié comme nous avons remercié Monique Manceau.

— Elle avait aussi une grande part de responsabilité, il faut en convenir !

— Oui, assurément, mais à une époque, elle a été une directrice avisée et compétente.

— J'ai eu l'occasion de la voir à l'œuvre, il est vrai que, d'un certain point de vue, elle assurait.

— Oui, j'en suis convaincu et si parfois—je dirais même souvent—elle s'emportait bêtement, la faute m'incombait certainement, elle avait ma confiance !

— Vu comme ça !

— Paul, vous n'aurez pas le poste de Monique Manceau !

— …

— J'ai bien réfléchi, je suis désolé de vous l'avoir proposé mais nous étions dans la tourmente et j'ai acquis une grande confiance en vous. Mais, je dois vous le dire, ce rôle ne vous convient pas ; vous y seriez malheureux tant il est éloigné de ce que vous êtes. J'ai observé votre façon de parler aux gens, à nos collaborateurs, vous êtes selon moi le directeur des relations humaines qui nous manquait jusqu'à-lors. Je vous veux dans mon équipe mais laissez tomber ces contraintes financières, vous échouerez très probablement…

— Alors je vais vous rassurer, je comptais bien refuser le poste. Pour les mêmes raisons que vous évoquiez précédemment, je souhaitais poursuivre mon travail, j'y ai encore de nombreux points à améliorer, si toutefois vous m'y autorisez.

Il y eu un long silence avant que Roger Pichon ne reprenne l'entretien.

— J'avoue être bien soulagé, il me pesait de vous le dire. Mais voilà que nous sommes d'accord.

— Parfaitement !

— Il nous reste à trouver l'homme ou la femme qui aura les compétences pour remplacer Monique, cela ne devrait pas être bien compliqué, affirma le PDG en riant !

— Un détail cependant !

— Dites…

— Je pense qu'il n'est pas souhaitable que je prenne part à l'embauche du prochain responsable administratif qui, selon l'organigramme, devrait être mon supérieur hiérarchique. Imaginez la situation future…

— Oui, vous avez raison, vous ne pouvez pas embaucher votre futur chef ! Les deux hommes rirent ensemble.

— Je suis évidemment à votre disposition pour effectuer toutes les recherches, je pourrai, si vous le souhaitez, vous donner mon avis, mais il serait mieux que vous vous chargiez des entretiens.

— C'est d'accord ! Dès demain, nous reverrons ensemble la fiche de fonction et nous l'enverrons au cabinet de recrutement.

***

Un commercial était venu retirer les panneaux de ses concurrents pour y planter le sien : « Vendu par *Vivre ici* ». Sophie balayait l'allée du jardin quand elle l'aperçut. La curiosité l'emporta.

— Bonjour ! Alors, c'est vendu ?

— Oui, répondit le jeune homme dynamique, fier de son exploit.

— Et quand aurons-nous de nouveaux voisins ?

— Dans deux mois environ ! Vous verrez, un jeune couple avec leurs deux enfants ; ils sont vraiment sympathiques !

— Oh, cela ne peut pas être pire que l'ancienne voisine…

— Madame Blanchard ? Oui, en effet, elle était un peu…

— …chiante ! affirma Sophie.

— Moi, je n'ai rien dit ! reprit le commercial en souriant.

— Avez-vous des nouvelles d'elle, j'avoue que nous avons dû couper les ponts, elle était devenue très envahissante.

— Pour l'avoir vue dernièrement, je peux vous dire qu'elle est en grande forme. Elle terrorise le personnel de service de la maison de retraite où elle séjourne. Elle dit qu'elle s'en ira très prochainement, dès que les papiers de la vente seront soldés mais elle refuse de dire quelle sera sa prochaine destination.

— Ah, c'est bien elle ! Elle n'ira nulle part, elle est seule comme le Yéti dans ses montagnes !

— Pas tant que ça, elle a deux petits-enfants quand même !

— Je crois qu'ils ne s'entendent pas, mais je ne me permettrai pas d'en dire davantage.

— Evidemment !

Ils rirent ensemble puis Sophie considéra le jardin de ses futurs voisins :

— Les pauvres, ils vont avoir du travail, à l'extérieur comme à l'intérieur !

— Je crois qu'ils ont prévu l'intervention d'un paysagiste pour tout remettre en ordre ; Monsieur Fraser est un bricoleur, il a prévu d'effectuer une partie des travaux lui-même.

— C'est un Anglais ?

— Oui, en effet !

— Ah ! Et son épouse, que fait-elle ?

— Professeur d'anglais, si ma mémoire est bonne ! Vous pourrez améliorer votre anglais, improvisa le commercial juste avant de regretter. Oh, non, ce n'est pas ce que je voulais dire, votre anglais est…

— Nul, j'en conviens !

— Ah, comme le mien. Il faut dire qu'ici, les Anglais sont plutôt rares...

— Dites-moi, vous avez dit à madame Blanchard qu'elle vendait sa maison à des Anglais ?

— Euh, non ! Vous croyez que je devrais ?

— Ce n'est pas nécessaire !

— Voyant que la conversation touchait à sa fin, Sophie salua le vendeur immobilier prétextant que c'était l'heure de la têtée !

***

Près de cinq mois après tous ces évènements, la France faisait l'objet d'un nouvel attentat. Le journal Ouest-France titrait « Attaque à Nice : des dizaines de morts » Dans l'encart réservé à l'actualité locale, Sophie remarqua un autre titre qui l'intrigua : «Du nouveau dans l'affaire Délicious ». Elle se dirigea vers la page du département et commença à lire l'article :

« Monsieur Gérard Champereau a été interpellé par la police à son domicile près de Marseille. Il se dit victime d'une machination et a déclaré n'être en rien responsable des faits qui lui sont reprochés. Il affirme ne rien savoir et ne rien comprendre à cette affaire, qu'à aucun moment, la direction de Délicious n'a eu à se plaindre de ses services. En ce qui concerne son ex-compagne, il déclare qu'il l'a connue dans les années 2000, ils ont en effet vécu récemment sous le même toit mais leur relation était plus amicale que sérieuse. Concernant le lieu actuel de résidence de mademoiselle Béatrice Bretodeau, l'homme prétend qu'il l'ignore. Il ajoute que, quelques semaines plus tôt, sur un coup de tête, ils ont eu cette envie de tout laisser tomber et de partir loin, en voyage. Ils seraient donc partis via Barcelone pour Rio de Janeiro. Depuis, le couple se serait séparé suite à une divergence, Béatrice Bretodeau ayant choisi de partir seule au Vénézuela ».

Sitôt la lecture de l'article terminée, Sophie l'envoya sur la boite mail de son mari.

***

Chose rare, ce mercredi midi, Paul rentrait chez lui pour déjeuner en famille ; il aperçut Christian qui sortait de la maison de Paulette. Il semblait s'être repris en main, son apparence avait changé. Sa tenue était correcte et quiconque le croisait ne pouvait imaginer ce qu'il avait été pendant si longtemps. Plusieurs fois déjà, les deux hommes s'étaient croisés et Paul n'avait pas manqué d'entretenir la conversation avec lui, tentant évidemment de lui tirer les vers du nez. Autour d'une bière, le petit-fils de Paulette était prolixe. Pour Béatrice et Christian, demi-jumeaux, la vie n'avait pas été un long fleuve tranquille. Ils n'avaient pas dix ans lorsque leurs parents se tuèrent dans un dramatique accident d'automobile. Les grands-parents maternels s'étaient efforcés d'élever ces enfants de la seule manière qu'ils connaissaient, avec une poigne de fer et le martinet. Adolescente, Béatrice avait perfectionné ses fugues allant toujours plus loin pour échapper à sa grand-mère. A quatorze ans, elle n'était plus revenue ; elle s'était réfugiée chez une tante dans sa famille paternelle près de Redon. Christian, lui, était resté et, lorsque papy Jo s'était éteint, il était devenu à lui seul le souffre-douleur de cette grand-mère acariâtre.

Et puis, un beau jour, à la fin des années 2000, Béatrice était réapparue, elle venait de décrocher une place de comptable chez Délicious, une des grosses entreprises du secteur. Elle loua une maisonnette à l'autre bout de la ville et elle se mit en ménage avec Gérard Champereau, un type discret qu'il avait d'ailleurs connu pendant son régiment. Il se souvint même de les avoir présentés l'un à l'autre.

Au grand étonnement de Christian, Gérard avait fait un tas de petits boulots jusqu'au jour où, lui aussi, entra chez Délicious.

Si les demi-jumeaux avaient fêté leurs retrouvailles, plus jamais Béatrice ne croisa le chemin de sa grand-mère.

Paul était sorti de sa voiture et sur le trottoir, ils arrivèrent l'un en face de l'autre :

— Salut, comment vas-tu ?

— Comme tu vois, ça peut aller !

— En effet, tu t'es reconverti ou je rêve ?

— Avec un toit sur la tête, j'ai repris le goût de me doucher ! C'est l'essentiel ! Tu sais, sortir du caniveau, c'est pas évident ! J'ai aussi arrêté la picole et une assistante sociale m'a trouvé un petit job à la ville. Je ramasse les papiers et les crottes de chiens. Je revois mes potes, c'est cool !

— Qu'est-ce qui t'a convaincu de te salir les mains ? la passion du travail bien fait ou les yeux de l'assistante ?

— A ton avis !

Les deux hommes plaisantaient encore lorsqu'il vint à Paul l'idée de demander des nouvelles de Béatrice. La réponse de Christian ne se fit pas attendre :

— Tu n'es pas au courant ? ils l'ont retrouvée !

***

Dans le cadre des accords intergouvernementaux entre la France et le Vénézuela, une convention d'extradition permet de régler certains cas judiciaires et sanitaires. Béatrice Bretodeau fut secourue en pleine jungle amazonienne alors que son état de santé s'était brutalement détérioré. Conduite en urgence au centre hospitalier de Caracas, les services d'Etat vénézuéliens ne tardèrent pas à contacter la France afin de se débarrasser de ce personnage gênant, chargée d'un mandat d'arrêt international. Rapatriée sanitaire, elle fut conduite dans un établissement de santé pour prévenus.

**

Etait-ce un hasard ou un traquenard ? Paul ne le saurait peut-être jamais. Quelques jours avant Noël 2017, il sortait d'un commerce du centre-ville quand il tomba nez à nez avec Béatrice, plus élégante que jamais. Si Paul fut prodigieusement surpris, elle de son côté, ne montra aucune gêne. Elle insista pour lui faire la bise comme s'ils étaient restés amis. Paul ne put s'empêcher de regarder autour de lui, à la recherche d'un œil espion.

— Béatrice, mais que fais-tu là ? Je croyais...

— Que j'étais en prison ! Ce n'est pas tout à fait faux.

Elle releva le bas de son pantalon et révéla sa triste condition : elle portait un bracelet électronique à la cheville, en attente de son procès. Jugeant qu'elle ne représentait aucun danger et déterminée à lutter contre la surpopulation carcérale, l'administration pénitentiaire l'avait libérée. Après une année d'enfermement, elle venait de retrouver une liberté partielle.

— Tu bois un verre ? proposa-t-elle.

— Euh, je ne sais pas, je n'ai pas le temps !

— Allez ! ne me raconte pas d'histoire, tu n'as pas de rendez-vous ! Mais peut-être que tu n'as pas envie qu'on nous voie ensemble ! C'est ça ?

— Non, c'est pas ça ! mentit-il.

Piégé, il céda. Paul avait insisté pour s'installer à une table éloignée de la vitrine. Ils prirent chacun un café. Paul profita finalement de cette rencontre pour poser les quelques questions qui le tarabiscotaient depuis si longtemps :

— Comment va ta santé ? J'ai appris que tu avais de graves problèmes de santé, je dois t'avouer que cela m'a bien attristé !

— C'est gentil, mais de quoi parles-tu, je me porte à merveille !

— Et ton rapatriement sanitaire du Vénézuela ?

— Ah, une infection qui m'a bien clouée au lit, j'ai bien cru que j'allais y passer en effet !

— Et ton cancer ?

— Un cancer ? Quel cancer ?

— Mais, Julie m'avait dit…

— Ah Julie, quelle gourde celle-là, une véritable marionnette ! Je crois bien qu'elle avait le béguin pour moi, je pouvais lui raconter n'importe quelle bêtise !

— Mais dis-moi, pourquoi tu ne m'as pas dit que j'habitais près de chez ta grand-mère ?

— A l'époque de ton embauche, quand Julie Galland m'a montré ton CV, mon regard s'est porté sur ton adresse, j'ai compris que nous étions voisins. Je dois te dire que je n'ai pas remis les pieds dans cette maison depuis des lustres, ma grand-mère et moi, n'étions pas… en bons termes !

— Ça, je le comprends très bien !

— J'ai trouvé ça marrant et je n'ai pas eu de mal à convaincre Julie de miser sur toi !

— Dois-je comprendre que tu serais à l'origine de mon embauche ?

— Je le crois, en effet !

— J'imagine que cette histoire d'enfant est aussi un mensonge !

— Quel enfant ?

— Rien, laisse tomber ! Une autre question s'il te plait : c'est toi qui as envoyé le colis contenant le collier du chien de ta grand-mère ?

— Du chien ! Quel chien ? Je ne savais même pas que cette vieille bique avait un chien !

— Une dernière chose Béatrice, ôte-moi d'un doute, Bernard Rochette avait-il trafiqué les chiffres lui-même ou bien est-ce toi qui, via tes diverses manipulations, lui aurais fait porter le chapeau ?

— Rien n'est aussi simple… Mais je vais te raconter : à dire vrai, Bernard en croquait déjà bien avant que je n'arrive dans l'entreprise. Lorsque j'ai mis la main sur le pot aux roses, je lui ai fait part de ma découverte, sans hésiter ; il a proposé de partager si je la fermais. Il détestait les Pichon, le père comme le fils ! Moi, je détestais Monique Manceau. J'ai accepté son offre, en pensant que je pourrais facilement m'en sortir si toutefois cela venait à se savoir. Contrairement à Bernard, ma position était moins risquée. Alors on a palpé. Denis Prébois était aussi au courant, cet imbécile s'est laissé corrompre pour des peccadilles. Lorsque Gérard est arrivé, nous avons réussi à doubler nos bénéfices. Mais Bernard jouait gros au PMU et il est devenu plus gourmand. Il en voulait toujours davantage et devenait incontrôlable ; lorsqu'il a commencé à trafiquer ses propres chiffres, cela n'avait plus aucun sens ! C'est alors que je l'ai dénoncé pour qu'il ne m'attire pas dans sa folie. Je pensais qu'il accepterait de prendre sa retraite et j'étais certaine que Roger Pichon étoufferait l'affaire. Lorsque j'ai appris son suicide, cela m'a profondément bouleversée.

— Je n'avais guère de sympathie pour lui mais je me sentais terriblement coupable. Ensuite, c'est Denis Prébois qui est parti en live ; il a commencé par menacer de tout dévoiler. Lorsque je lui ai rappelé qu'il tomberait avec nous s'il commettait cette erreur, il est alors parti dans une telle colère que j'ai bien cru qu'il allait tuer quelqu'un ; c'est d'ailleurs ce jour-là qu'il est venu t'importuner et t'insulter. J'ai alors pris la décision de tout arrêter. J'ai effacé un maximum de traces et puis Denis a démissionné. Le nouvel analyste est arrivé et il n'a pas tardé à comprendre qu'il se passait quelque chose. Là, j'ai compris que les carottes étaient cuites. Lorsque vous m'avez convoquée pour cet entretien grotesque, j'ai fait ce que je sais faire le mieux, j'ai menti. Mais de tous vos propos, je n'étais guère surprise. En effet, la veille, j'avais aperçu la voiture des gendarmes par la fenêtre de mon bureau. Ce jour-là, je suis descendue à la hâte par l'ascenseur alors que vous montiez l'escalier et j'ai demandé à la standardiste si elle avait entendu quelque chose. Elle m'a répondu que l'un des gendarmes avait mentionné le nom de Gérard quelque chose. Le soir même, nos sacs étaient faits et les billets d'avion imprimés. Nous sommes allés une dernière fois au travail sachant fort bien qu'il s'agissait du dernier jour.

Paul était assommé tant le récit de Béatrice semblait correspondre. Mais fallait-il la croire encore ?

Paul se souvint alors de ce jour où, sur le petit parking de magasin Netto, ils s'étaient donnés rendez-vous :

Sûre d'elle, sans qu'il ait pu s'y attendre, elle avait posé ses lèvres sur les siennes. Il avait lu sa déception lorsqu'il l'avait repoussée.

— Non Béatrice, je suis désolé, je ne peux pas !

Il y avait eu un silence ; elle avait reposé ses deux mains sur le volant du cabriolet.

— Tu sais Paul, ma vie est un véritable capharnaüm. Je suis peut-être une comptable compétente mais pour le reste, je suis bonne à rien. Depuis toujours, j'enchaîne échec sur échec. Je sais ce que tous pensent dans mon dos, que je suis une croqueuse d'hommes, une nymphomane. La plupart des gens ne voient en moi qu'un objet sexuel. Les femmes, entre celles qui me détestent et celles qui s'amourachent, ne valent guère mieux que vous, les hommes. Plus je fuis ces gens et plus ils me collent. C'est sans doute là la sanction qui m'est due. Ne t'inquiète pas, je ne t'en veux pas ! Cent fois, j'ai vécu ce moment, ce n'est pas cela qui me tuera ! Te concernant, j'avoue avoir craqué dès le premier jour. Tu n'as rien fait pour m'en dissuader alors j'y ai cru. Excuse-moi !

Paul mesurait la solitude de Béatrice, cette très belle femme que personne ne comprendrait jamais.

Il s'enquit des activités de son frère Christian, elle répondit qu'elle n'en savait rien. Cependant, elle avait été très étonnée et même touchée de l'avoir vu au parloir de Fleury-Mérogis lors de son unique visite. Il lui annonça qu'il remédiait à sa part sur la vente de la maison, jugeant qu'elle en avait plus besoin que lui pour payer ses dettes, avant de déclarer qu'il ne saurait jamais dépenser correctement cet argent ! « Mieux valait ne pas y compter et ne pas se compliquer la vie ! » tel avait été sa conclusion avant de prendre congé. Il l'avait serré fort dans ses bras puis il était parti et n'avait plus donné de nouvelle. Elle ne savait pas où le chercher, bien qu'à dire vrai, cette idée ne lui avait pas traversé l'esprit. A quoi bon !

Assis au fond de ce bar, leur discussion touchait à sa fin.

— Dis-moi Béatrice, pourquoi t'être risquée dans une telle aventure ? Tout ceci, cette escroquerie, ce voyage au bout du monde, toutes ces manigances, ne vois-tu pas que cela ne te mène à rien ?

— C'est ma nature ! Je mens, je vole, je triche. Et je peux même te dire que j'y excelle. Si j'avais rencontré plus tôt un homme comme toi, droit, intègre, gentil, peut-être que ma vie aurait été paisible et vertueuse. Mais voilà, c'est trop tard ! J'ai un bracelet à la cheville et de mon très honorable poste de chef-comptable chez Délicious, il ne me reste qu'un regret.

— Ah oui, lequel ?

— Je te voulais pour moi mais tu m'as rejetée. Paul, dis-moi seulement que tu crevais d'envie de me prendre dans tes bras...

Paul aurait aimé en dire davantage, si l'endroit avait été propice, si la belle n'avait pas été embringuée dans cette histoire sordide, si, si, si...

— Non Béatrice, tu te fais du mal. Je dois y aller

— Non, ne pars pas !

Paul se leva et demanda :

— Rassure-moi, comptes-tu me persécuter pendant les semaines et les mois à venir ?

— C'est tentant ! Pourquoi pas, cela pourrait-être drôle... Mais non, grand ballot, je t'aime trop pour cela ! Tu peux compter sur ma discrétion. Vas, vis ta vie et moi la mienne. Tout ira bien, c'est promis !

Paul déposa un baiser sur le front de la jeune femme et dit ces quelques mots :

— Merci Béatrice, dans le fond, tu es une chic fille. Tu t'en sortiras, j'en suis convaincu. Heureux de t'avoir connue ! Bonne chance !

Puis Paul tourna les talons. Il passa au bar et paya les consommations. Le patron faisait une tête d'enterrement et ses yeux étaient larmoyants :

— Qu'y a-t-il ? osa Paul.

— Johnny est mort, ils viennent de le dire à la radio !

Je remercie mon épouse pour sa patience et pour son écoute ainsi que pour la confiance qu'elle me témoigne tous les jours. Un grand merci à Isabelle Ordonneau pour son aide précieuse ; ses nombreuses heures passées à la relecture et à la correction, un vrai travail d'équipe !

D'autres personnes ont aussi participé à la rédaction de cet ouvrage, des chefs d'entreprises, des cadres, des amis ; ils m'ont livré des anecdotes, m'ont parlé de leurs vécus en entreprise dont s'est nourri ce livre.

Merci à ma famille pour leur soutien et leurs encouragements.

www.ingramcontent.com/pod-product-compliance
Lightning Source LLC
Chambersburg PA
CBHW020408180626
46812CB00003B/885